EL ASESINO DE LA REGAÑÁ

@Rancio

EL ASESINO DE LA REGAÑÁ

Ilustraciones Cristina Domínguez Ruiz

10ª EDICIÓN

ALMUZARA
2015

Primera edición en Almuzara: octubre de 2013
Primera reimpresión: noviembre de 2013
Segunda reimpresión: noviembre de 2013
Tercera reimpresión: diciembre de 2013
Cuarta reimpresión: enero de 2014
Quinta reimpresión (renovada): mayo de 2014
Sexta reimpresión: agosto de 2014
Séptima reimpresión: octubre de 2014
Octava reimpresión: enero de 2015
Novena reimpresión: octubre de 2015

El autor y la editorial quieren manifestar que todos los personajes, lugares y marcas comerciales que aparecen en esta novela, y sus secuelas, son ficticios y están mencionados en el marco de una ficción sin ningún parecido con la realidad. Cualquier mención a nombres reales de personajes, lugares, marcas comerciales se hace por voluntad expresa del autor, en el marco de una ficción humorística, con efectos de exageración, y con el deseo de promocionar, dar a conocer y manifestar cariño por las cosas de Sevilla, con la mejor intención posible y, en ningún caso, mediante contraprestación de ningún tipo.

Narrativa
Editorial Almuzara
Director editorial: Antonio E. Cuesta López
Editor: David González Romero
www.editorialalmuzara.com
pedidos@editorialalmuzara.com-info@editorialalmuzara.com

Diseño: Equipo Almuzara
Maquetación y corrección: Deculturas, S. Coop. And.
Impresión y encuadernación: Gráficas La Paz

I.S.B.N: 978-84-15828-37-2
Depósito Legal: Co-1670-2013
Bic: FA

Hecho e impreso en España-*Made and printed in Spain*

UNO

Elisenda Trastamara tiene 84 años. Es la encargada de la tienda de la basílica de la Macarena. Vive en una especie de pequeña vivienda anexa de la que sale. Es primera hora y va a abrir el templo. Lleva una fregona. Abre y mira hacia delante para santiguarse ante Nuestra Señora del Santo Rosario y Nuestro Padre Jesús de la Sentencia.

Si lo que Elisenda quería era presenciar algo sobrenatural alguna vez en la basílica, después de años de dedicación, va a ver su deseo cumplido.

Abre con una de las llaves de su llavero la puerta que une su casa al templo. Entra. Mira al techo y se desmaya.

Ha pasado menos de una hora pero, evidentemente, Elisenda no lo sabe. Se despierta en brazos del consiliario primero de la Hermandad. Hay gente alrededor, mucha gente, gente que no conoce. Hay policías que hacen fotos, se oye gente llorando en la puerta.

Una grúa baja del techo un cadáver que pende bocabajo. Se oyen gritos. El cuerpo tiene una máscara de Anonymous, una camiseta negra en la que puede leerse en letras rojas "NO HAY PAN PARA TANTO CHORIZO", rastas y un pantalón ancho. Está colgado de una de las vigas con un cíngulo de nazareno.

Cuando llega al suelo, le retiran la máscara y pueden verlo algo mejor, tendrá unos 25 ó 26 años, está lleno de sangre y la causa de la muerte parece ser el apuñalamiento con una extraña pieza triangular en el cuello. La carótida está seccionada de manera limpia. Un miembro de la policía científica mira con curiosidad la herida del cuello. Saca unas pinzas de la maleta y extrae el arma mientras le habla a un compañero.

--Cuidado con que salga publicado ningún detalle en prensa... Pero... ¿Qué demonios es esto?

Nadie puede creérselo, el arma homicida es un afilado trozo de regañá.

Pero, ¿qué demonios es esto?

UNO

DOS

A la luz de un cirio rojo alguien pega letras recortadas en un folio de El Galgo.

El incienso le da a la habitación entera un ambiente pesado. Todo está oscuro. Apenas entran unos cuantos rayos de luz por los agujeros de unas persianas que no están del todo cerradas. Si no fuera por esos haces concretos podría ser de madrugada. Es un bajo.

Él tiene manos grandes, dedos largos que pueden romper, fracturar, y que ahora sin embargo componen una frase con delicadeza, una pinza y un *cutter* rodeado por una guita.

E-S-T-O S-O-L-O...

Un rosario descansa en su muslo. De una pequeña televisión de tubo, que lleva horas encendida, salen gritos de pánico. Se ve lo mismo una y otra vez: aquella madrugada en la que el terror recorrió la espina dorsal de la Semana Santa de Sevilla. Es una retransmisión grabada de Onda Giralda en VHS. Él sigue juntando letras.

A-C-A-B-A D-E C-O-M-E-N-Z-A-R. S-E-R-Á-N...

Esas manos predestinadas a la destrucción están dentro de unos guantes blancos de algodón. Parecen de alguna hermandad. Con una delicadeza impropia, se asegura de que cada letra del mensaje quede bien pegada al papel. Acaba. Lo sostiene en alto. Sopla con cariño para secar el pegamento. Lo lee para sí mismo y lo mete en un sobre. No tiene remitente, pero sí destinatario: Jefatura para Andalucía Occidental de la Policía Nacional. Plaza del Duque 2, 41002, HISPALIS.

Al ruido de aquella noche de Semana Santa que sale del pequeño televisor se le añade de repente un crujido. Una regañá se parte. Él muerde con violencia un trozo. Se levanta y lleva unas ropas arrugadas hacia la lavadora, están llenas de sangre y de pequeños restos de regañá partida.

TRES

Estación de Santa Justa. Final de las escaleras. AVE de las 12.

--¿Inspector Villanueva?

--Sí, señor, ¿es usted Jiménez?

--Afirmativo. Me mandan de la Jefatura con la misión de recogerle y llevarle lo antes posible allí. La ciudad está como loca con todo esto de "El asesino de la regañá".

--Perfecto, lléveme, no hay tiempo que perder.

--Un momento que voy a comprar el *Estadio Deportivo*, es que estoy coleccionando una vajilla con los jugadores del Betis, no sé si sabe que ayer le ganaron al Mallorca y, hombre, quiero leerlo.

Villanueva le da dos palmadas en la espalda con las que lo dirige en la dirección opuesta al puesto de revistas de la estación.

--Mejor vamos a hacer otra cosa, quédese conmigo y explíqueme qué es eso de "El asesino de la regañada".

--De la regañá, se dice *regañá*. No diga *regañada* que eso es otra cosa. Pase, ahí está el coche, se lo explicaré por el camino.

Varios taxistas discuten de broma en la cola de los taxis de Santa Justa. Fuera de la visera de la estación un sol agradable acaricia un gimnasio enorme, bares con mesas de aluminio que brillan y un campo de fútbol de albero. El coche de la policía local que conduce Jiménez se para en un semáforo que acaba de ponerse en ámbar.

Villanueva resopla sin que su nuevo compañero ni siquiera se percate.

--Verá, "El asesino de la regañá" es como le han puesto hoy en el *ABC* al caso por el que le han mandado a usted aquí, inspector. La regañá es, para que usted se haga una idea, una especie de torta dura de pan. La masa es parecida a la de los picos, bueno, ustedes por ahí, en Madrid y eso, les dicen colines. Está muy buena, la verdad, si no te la clavan en la carótida, claro, entonces ya es un poquito más desagradable. Es como todo.

--¿Tiene ese periódico para echarle un ojo?

--Si me hubiera dejado comprar el *Estadio Deportivo* podría tenerlo, pero como ha venido usted con las prisas...

--Es igual, lo miraré más tarde en el iPad, cuénteme lo que sepa.

--Pues verá, en mi humilde opinión, Sevilla es una ciudad tranquila. Tiene sus cosas. Avanza, sí, que se hacen muchas cosas de teatro y todo eso, pero se mueve despacio. Eso hace que la gente sepa dónde pisa, esté contenta y haya pocos problemas, crímenes quiero decir. Eso sí, cuando los hay, suelen ser bastante sonados. Lo que quiero decirle es que esto no es Alicante, Valencia o Murcia, donde siempre hay decapitaciones y cosas tela de desagradables, aquí no, aquí no pasa casi nunca nada.

--Está ya en verde. No pasaba nada hasta ahora, ¿no?

--Honestamente yo tampoco lo veo para tanto. Es un muerto, que sí, pero vamos... Probablemente un ajuste de cuentas. La víctima era uno de esos niñatos del 15M, ya sabe, los de las pancartitas y las historias que son medio *hippies* y no han dado un palo al agua en su vida. Usted mejor que yo sabrá que dentro de esos grupos se esconden antisistemas, drogadictos y gente de convivencia difícil. Demasiadas pocas cosas pasan. Se deberían dinero de porros, se hartarían de setas o de pastillas y a alguno se le fue de las manos. Eso explicaría también las extrañas circunstancias del caso.

--¿Qué circunstancias?

--Sí, supongo que por eso lo habrán enviado a usted. El cadáver se encontró atado por los pies con un cíngulo, que es un tipo de cinturón que llevan los nazarenos en la Semana Santa, a la viga más alta de la cúpula de la basílica de la Macarena.

--Vaya, para no pasar nunca nada, se concentra la creatividad criminal...

--Sí, y eso no es todo, el arma mortal no era de acero, sino de harina, agua y sal.

--¿Perdón?

--Le cortaron la carótida con un trozo de regañá, eso sí se lo he traído, pruebe un poco, es de El Guijo, de la cara. Parta, parta. Parta y pruebe. Ya hemos llegado, dese prisa, que nos esperan.

Jiménez coge una bolsa del asiento de atrás y se la ofrece a Villanueva. En uno de los laterales de la plaza del Duque se encuentra la Jefatura. Todos los demás lados de la plaza están ocupados por negocios de El Corte Inglés. A Villanueva le llama la atención, Jiménez recoge el guante de su gesto.

--Curioso, ¿verdad? Uno de los corazones de la ciudad y comprado por tiendas. Sabemos que los dueños de El Corte Inglés en privado llaman a la plaza "Duque Nostrum", como los romanos.

Villanueva y Jiménez suben en un ascensor sin hablar hasta la planta séptima. Las puertas se abren y les recibe el comisario principal para Andalucía Occidental, Miguel Rodríguez Durán. 64 años. Parece bastante compacto, fuerte. Tiene barba cana y brazos fuertes. Aprieta la mano al estrecharla. Quizá más de la cuenta.

--Usted debe de ser Villanueva. Es un honor, caballero, soy el comisario Rodríguez, acompáñeme a mi despacho, por favor. Gracias por su trabajo, agente Rodríguez, puede retirarse.

--Jiménez, me llamo Jiménez.

--Magnífico, Domínguez, gracias.

La puerta del despacho se cierra detrás de Villanueva y el comisario. Éste propone a su invitado tomar asiento y se sienta detrás de una mesa llena de papeles y carpetas. En la pared de detrás, al lado de una fotografía de Juan Carlos I, hay una especie de calendario en el que se lee "Faltan 23 días para el Domingo de Ramos". Los números no son fijos. Cada día ese hombre debe actualizar su cartel. Parece que a Villanueva le llama la atención. Hay también un cuadro con el escudo del Sevilla en un cristal, de esos que tienen un papel de plata arrugado detrás, como para dar textura.

--Inspector Villanueva, seré franco.

--Espero que no me hable de una reencarnación, comisario.

El comisario no se para ni de puntillas en el juego de palabras de su colega madrileño y prosigue con preocupación.

--Estamos acojonados. Queda menos de un mes para la Semana Santa de Sevilla y no sabemos cómo puede afectar este asesinato a la ciudad. Entenderá que para Sevilla esa semana es el momento medular del año, caballero, y no le hablo sólo de una cuestión de fe. Justo antes de recogerle, a portagayola, en el ascensor, he estado hablando con el presidente de la Asociación de Hoteleros Sevillanos. Me ha pedido explicaciones, porque una historia como la del *Asesino de la regañá*, descontrolada, puede ser nefasta. Y aún tengo que hablar con los hermanos mayores de todas las hermandades para tranquilizarles, y con los taxistas que, honestamente, son los que más miedo me dan. No me quiero ni imaginar como vengan los del aeropuerto.

--¿Así que no cree usted que estemos ante un caso aislado, comisario?

--Me encantaría creerlo, Villanueva, pero mi intuición me dice que hay algo más. Es un crimen demasiado extraño para que vaya a quedarse ahí, y el asesino ha incorporado a su obra elementos que representan la esencia de Sevilla: la Semana Santa con el cíngulo, la Macarena, y por si fuera poco, ese extravagante detalle de la regañá.

--De acuerdo. Me pongo manos a la obra, no se preocupe, pero sobre todo necesito saber que tendré toda la colaboración que necesite por su parte.

--Lamentablemente, Villanueva, los recursos de esta Jefatura no son los mismos a los que usted estará acostumbrado. Desde luego no tendrá injerencias del tipo "éste es nuestro caso, no puedes dárselo a los federales, Jack". Aquí no nos gustan esas películas porque, sinceramente, por un lado, mientras menos se trabaje, mejor, y porque, por otro, a muchos agentes esta historia les da bastante miedo. Sólo podrá disponer de Mínguez, que es policía local. No es un lumbreras, pero se conoce la ciudad como la palma de su mano.

--De acuerdo, me quedo con Jiménez, que así es como se llama. Nos vamos a la mesa de información permanente del 15M a conocer el entorno de la víctima.

En ese momento entra Jiménez en el despacho. Trae un sobre en la mano.

--Igual esa visita puede esperar, inspector, nos acaba de llegar una carta del asesino.

Todos se miran. Jiménez deja el sobre color crema encima de la mesa.

CUATRO

"ESTO SÓLO ACABA DE EMPEZAR, SERÁN 7 REVUELTAS, 7 LATIGAZOS. QUEDAN DEUDAS POR COBRAR"

El comisario está mudo. A duras penas acierta a decir:

--Mandadlo a laboratorio por si hay alguna huella.

Villanueva asiente, pero parece que sabe que no habrá ninguna, seguramente no quiere decir nada por no parecer arrogante. En lugar de eso, le lanza a Jiménez:

--Vamos a la Fábrica de Sombreros, es una casa okupa que frecuentaba la víctima.

--Sé dónde es, está al lado de la Hiniesta, que mi cuñado es hermano.

El comisario asiente desde su silla.

--Vayan, vayan, yo le mantendré informado cuando tenga resultados del laboratorio.

Villanueva y Jiménez bajan en ascensor sin hablar. Se montan en el coche. Villanueva va leyendo en su iPad todo lo que hay publicado en prensa. Efectivamente la etiqueta "*El asesino de la regañá*" es propiedad de *ABC*. También es el periódico que tiene más datos. Después de un buen rato buscando aparcamiento por el centro de la ciudad llegan a la casa okupada.

La Fábrica de Sombreros tiene una mezcla rara de ambientes. Por un lado, parece ser un lugar alegre, por otro, la desgracia se nota en cada cara. Panfletos, horarios de actividades colgados de las paredes, todo muy orgánico, muy vivo y, sin embargo, lleno de caras sin expresión. Villanueva se acerca a un joven que está haciendo un jarrón de barro en un torno.

--Hola, somos policías, pero tranquilos, estamos buscando al asesino de vuestro compañero.

--No te preocupes, pasa, en el taller de encuadernación está José Ángel, era su mejor amigo.

José Ángel está rodeado de herramientas, botes de cola y pliegos de papel. 27 años. Guerra perdida con la alopecia. Gafas de ver redondas. Pantalón de hilo y camiseta con el *hashtag* #spanishrevolution. Se saludan, se presentan. José Ángel responde educado y los invita a charlar en una mesa del patio.

--Estoy seguro de que tiene que ver con el videojuego. José lo olvidó porque ya pasó hace mucho tiempo y al final, afortunadamente, quedó en nada, al menos judicialmente.

--¿Qué videojuego? --pregunta Villanueva.

--José estudió informática, tenía bastante talento con los lenguajes de programación y, bueno, ya da igual decirlo, *hackeó* más de una y más de dos webs en pueblos de los fachas éstos del ayuntamiento. Se divertía y era muy creativo. Una vez cambió la foto del *index* de la página de un candidato a la Junta por la de Héctor Cúper, el entrenador ése que no ganaba nunca, como el PP aquí, vamos. Antes, en 2002, creó por entretenerse un videojuego, todo *Copyleft*, y además sin querer ganar dinero, se llamó "Matanza Capillita".

Jiménez se levanta de repente.

--¡Hijo puta, ése era el videojuego en el que había que ir matando nazarenos!

--Bueno, técnicamente eran nazarenos *zombies*. Usted parece que no es de aquí, inspector, pero como puede ver por la reacción de su compañero, ésta es una ciudad compleja en la que tocar ciertas cosas se paga bastante caro, y a lo que ha pasado me remito.

--Hombre, es que encima era El Gran Poder...

--Cállese, Jiménez, por Dios --replica Villanueva y prosigue con el joven.

--¿Recibió amenazas?

--Sí, muchas. El problema vino cuando el videojuego llegó a un grupo de *hip hop* sevillano. Se encapricharon y dijeron que lo incluirían en su disco. Hasta ese momento el videojuego era un divertimento privado que no salió de nuestro grupo de amigos. Aquello, sin embargo, lo disparó todo y, claro, empezaron las amenazas.

--¿De alguien en concreto?

--Bueno, la verdad es que llegaron muchas, honestamente nos reíamos de la mayoría porque o bien eran de gente muy mayor a la que se le había ido la cabeza o de capillitas mariquitas que daban más pena que miedo. Pero hubo una que sí nos asustó más.

--¿Por qué?

--No estaba escrita a mano, eran letras recortadas de revistas, como en las películas, y directamente llamaba a José por su nombre y le citaba en un sitio: la chocolatería Virgen de los Reyes de calle Feria.

--¿Llegasteis a ir?

--No, desde luego que no. Decía cosas como "pagarás tu ofensa", no recuerdo bien, creo que la ofensa se la quería cobrar a latigazos pero... ¿Con un cíngulo? ¿Puede ser? ¿Se llama así?

Villanueva y Jiménez se miran.

--Sí, es correcto, se llama así. ¿No tendrá esas cartas?

--No, lo siento, no sabe cómo me arrepiento de no haberlas guardado pero no pensamos que fueran a ser importantes.

Casi a presión...

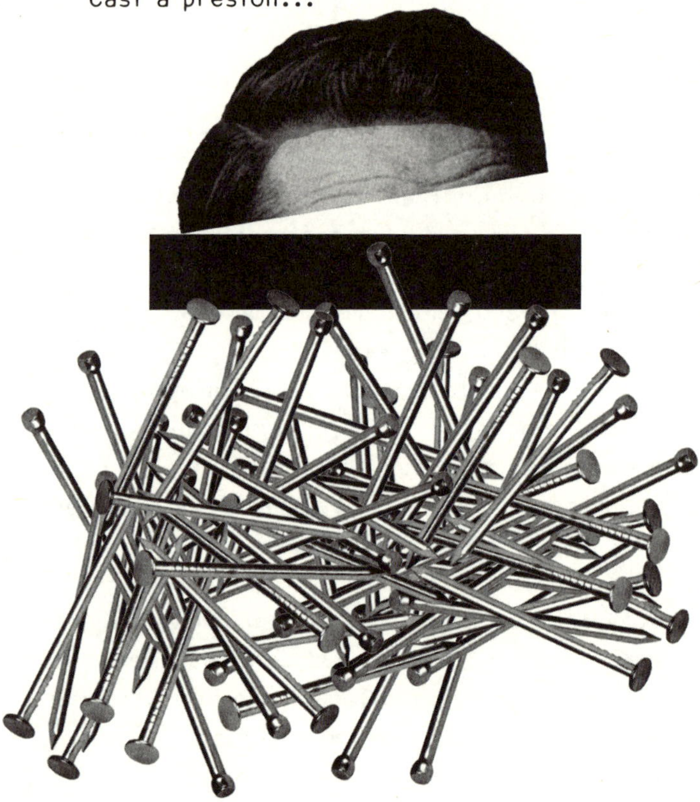

... Kilos y kilos.

CINCO

CINCO

Hace un muy buen día. El sol calienta pero no quema. Paco Flores ya ha comprado el aceite que necesita para su pequeña freiduría. Camina al comenzar el día. Va pensando, probablemente, en la cantidad de pescado que tendrá que sacar hoy. Lleva la garrafa de aceite en una mano, y una bolsa de plástico con papel de estraza y un cuaderno Guerrero lleno de cuentas en la otra.

Deja en el suelo la garrafa de aceite de la cooperativa de la Virgen del Espino de El Pedroso.

--Sus muertos, cómo pesa, coño.

Se mete la mano en el bolsillo, saca un manojo de llaves. Tiene dos de aluminio de color verde. El llavero es el logotipo de Ford por delante y la dirección del concesionario donde compró su furgoneta por detrás. En relieve y con pringue.

Son las 11 de la mañana. Se agacha. Mete la llave. La gira. Repite la operación en cada una de las dos cerraduras. Sube la persiana y se encuentra todo revuelto. Lo primero que hace es pensar en un robo, pero no. En el centro del desastre hay un cadáver. Lleva camisa y pantalón oscuros, un delantal negro y una cartera de cuero, grande, en la cintura, como para cobrar en un bar de modernos. Tiene los ojos desencajados y alguien le ha metido casi a presión kilos y kilos de puntillitas por la boca y las orejas. Tiene frituras incluso en las fosas nasales. Están mezcladas con sangre, y probablemente lágrimas.

SEIS

Villanueva sobrepasa como puede a los vecinos que se arremolinan alrededor de la freiduría. El cordón policial le cuesta menos que los curiosos. Lo supera enseñando la placa.

--Buenas, Jiménez, siento no haber podido llegar antes. Me ha cogido una especie de paso de Semana Santa con sacos de arena en vez de Virgen y el taxi ha tenido que dar una vuelta.

--Sería San Gonzalo.

--¿Cómo dice?

--Por la hora y la zona, digo, serían los costaleros de la hermandad de San Gonzalo.

--Perfecto. San Gonzalo. Muy bien. ¿Qué tenemos aquí?

--Oriol Fernández, joven chef de uno de los restaurantes de cocina de vanguardia de Sevilla, el Ratantal. Me han contado que hacen chochadas del tipo de catas de aceites, pero no me pida muchos datos porque yo soy más de serranito y montadito de palometa con roque... Y además, hay dos malas noticias.

--¿Cuáles?

--La primera es que el arma asesina ha vuelto a ser una cuña de regañá, por lo que parece que tenemos caso. Y la segunda, que nuestro hombre tiene bastante paciencia y sangre fría. En este caso no lo apuñaló, lo ató y tuvo la frialdad de cortarle las venas de las muñecas pasándole una y otra vez la regañá, una vez asfixiado a golpe de choco, claro.

--¿Nadie oyó nada?

--Sorprendentemente, nada de nada.

Los curiosos se agolpan en la puerta. Gente joven en su mayoría. Villanueva hace como el que habla con Jiménez, pero parece estar pendiente de las caras que observan. No sabe qué busca. Es un gran fisonomista y aunque nunca le ha pasado, no olvida que hay *serial killers* que vuelven a la escena del crimen ocultos en el disfraz de cotilla. Intenta retener todas las caras posibles y compararlas con la escena del próximo crimen, porque algo le dice que ésta no será la última muerte.

--¿Este sitio está cerca del restaurante de la víctima?

--No, lo tuvo que traer hasta aquí por alguna razón. Esta calle, Amor de Dios, está dentro de la zona de la Alameda; es, digamos, la parte modernita de la ciudad...

--¿Qué quiere decir, Jiménez?

--Pues que me da a mí que nuestro amigo tiene algo contra todo lo que huela a moderno en la ciudad. A mí tampoco me vuelven loco muchas de las chufladas que se hacen pero, hombre, no es para ponerse así; mira cómo han dejado a este pobre, harto puntillitas.

--No está mal, Jiménez, no está mal. Ahora volvamos a la Jefatura, quizá el cartero nos traiga noticias.

Planta séptima de la Jefatura. Siete u ocho personas están alrededor de una mesa. Todas miran algo que hay en el centro cuando llegan Villanueva y Jiménez. Jiménez se aventura.

--No digáis nada, ha llegado Correos.

El comisario les abre hueco para que puedan ver la carta.

--Efectivamente, mismo formato, mismo papel, misma

manera de recortar las letras y distinto mensaje: "GAZPACHO DE FRESA... ¿DE QUÉ Y DE CUÁNDO COJONES?".

Silencio.

--No entiendo nada. Pero apostaría a que el Gazpacho de Fresa es uno de los platos del restaurante de la víctima. Jiménez, ¿sabe dónde está?

El restaurante Ratantal tiene la puerta cerrada, sin embargo hay gente dentro: todo el personal del local y algunos amigos que tienen caras desencajadas. Villanueva llama con los nudillos.

--Está cerrado, lo siento --dice un joven amanerado con un *piercing* en el *septum* y dilataciones en las orejas.

--Somos de la policía, abra, por favor.

Cinco minutos después están sentados en una mesa apartada Villanueva, Jiménez, Rubén Mata, el encargado, y Ruth Soler, segunda de cocina. Ruth es la que habla.

--Somos todos catalanes como Oriol. Honestamente, desde Adriá, ser catalán es una ventaja muy buena para ser cocinero, pero en Cataluña y Madrid ya da el cante un poco si no eres de verdad excepcional. Así que decidimos abrir un poco las miras. Buscamos una ciudad menor, pero que no fuera un pueblo. Es una mera cuestión de *target*, ya sabe cómo somos los catalanes: muy de estudio de mercado.

--Ya --dice Villanueva y mira a Jiménez que se encoge de hombros.

--El caso es que nadie podría imaginarse una cosa así, ¿sabe? El restaurante tuvo lo que es una gran acogida desde el principio. Con los precios tan altos que tenemos, porque vaya precios, era complicado encontrar mesa muchas veces. La gente salía contenta con la comida y, sobre todo, con el tipo de cliente que se encontraba en la mesa de al lado. Verá, está feo que yo lo diga, pero no eras nadie si no cenabas de vez en cuando aquí. No le hablo de este rollo de futbolistas y cosas de éstas así ordinarias, todo lo contrario: músicos, diseñadores, actores, periodistas, toreros, pero más del lado de José Tomás que del de Fran Rivera, espero explicarme. La verdad, le digo que no sé qué ha podido pasar, no había problemas con competencia, ni nadie le había amenazado, es todo demasiado raro.

En este momento, Rubén, el encargado, ejerce de protector.

--Agente, entienda que es un momento complicado, podemos contarle poco más, la verdad. Si nos disculpa...

--Lo entiendo perfectamente, perdonen la insistencia pero, ¿cómo era la víctima?

Ruth no tiene problemas en seguir contando.

--Él era un chico maravilloso. Una excelente persona, renunció a muchas cosas, ¿eh?, a su catalanismo, a su familia, a su masía... Verá, él era homosexual y eso en Barcelona no es un problema, ya sabe que somos muy europeos, pero en determinadas zonas fuera de la capital sí lo es, ya lo creo que sí. Su familia tenía mucho dinero, tenían buenas industrias textiles, pero poco respeto por otras opciones sexuales. No quiero mirar a nadie, pero lo primero que pensé fue en alguien de su familia.

Rubén vuelve a interrumpir.

--Son sólo conjeturas, agente, le repito que estamos muy tocados y ahora igual decimos cosas que no pensamos del todo. Le rogaríamos un poco de descanso, igual puede volver otro día...

--No hará falta, ya tengo suficiente y lo entiendo, pero cualquier detalle nos ayuda. Ya nos vamos. Sólo una última pregunta... ¿Tienen gazpacho de fresa en la carta?

En ese momento la cocinera y el encargado se miran con la cara desencajada. A Villanueva le sorprende.

--¿Pasa algo?

--Eh, bueno, la verdad es que no sabemos si tendrá algo que ver, pero hace unos meses llegaron unos clientes a tomar la cena. Era la típica cena de negocios. Ninguno parecía mucho el tipo de clientes al que estamos acostumbrados. Venían enchaquetados. Recuerdo que uno venía muy engominado y hablaba mucho de Jerez, como con amargura. Se molestaron porque no les dejamos fumar puros cuando se quedó el restaurante vacío. Se traían algún chanchullo entre manos con acciones, como si uno vendiera y otro comprara, la discreción me impidió atender más. El caso es que una de las cosas que pidieron fue gazpacho de fresa. Cuando llegó la cuenta les pareció muy caro y aunque el del pelo engominado intentaba calmarle, uno de los comensales se puso hecho un energúmeno. Hizo llamar a Oriol y lo puso de vuelta y media, oye. Nos llamó la atención, aparte de por el numerito, por las barbaridades que decía: "seguro que vas destrozando matrimonios por ahí, sinvergüenza", "tomen buena nota, 21 euros por un gazpacho, hombre, por Dios, ¿es que el gazpacho éste tiene intermediarios?", "es que he visto la cuenta y se me ha caído el alma a los pies", "aquí para pedir un plato de jamón hay que venir con avalista, tomen buena nota". Y eso que él no bebió, en toda la comida sólo tomó zumo de naranja, natural.

Villanueva se sorprende.

--Y ahora me dirán que no saben cómo se llama ese cliente

Ruth y Rubén se miran. Ruth no duda en contestar: "Sí. Aquel hombre era Manuel Ver de Faruso".

SIETE

Villanueva y Jiménez llegan a una inmensa mansión en el Plantinar.

--Hombre, por Dios, Criaturito, no seas pesado y deja a estos señores. No ladres que te doy en los hocicos. Tengan ustedes cuidado que es muy cariñoso pero muy pesado, como una sandía de Los Palacios.

--No se preocupe, está bien --dice Villanueva mientras se quita al perro de encima.

--Miren, éste es el auditorio que tenemos aquí para nuestras fiestas, nada de alcohol, eso sí, porque yo sólo tomo zumo de naranja, tomen buena nota, sólo zumo de naranja, bueno, y agua. Así que ya me dirán ustedes en qué les puedo ayudar, porque me están esperando unos señores a los que les tengo que mandar unos burofaxes de unas gestiones muy importantes. Yo todos los días puedo mover 700 u 800 millones de pesetas, ¿saben?

Villanueva comienza.

--¿Conoce usted el restaurante Ratantal?

--¿Ratantal? Verán ustedes, yo soy poco de comer fuera de mi casa, a mí me gustan mucho las milanesas que hace mi señora, con papas fritas de perol, y cuando tengo que comer fuera, porque esté en alguna reunión con señores, voy a alguno de los *restaurants* que tenemos por toda la ciudad, tenemos una chacina de Cumbres Mayores muy buena, muy buen solomillo al *whisky*...

Villanueva le interrumpe.

--El restaurante del que le hablo está cerca del acueducto, igual lo recuerda porque tienen gazpacho de fresa en el menú. Varios testigos le sitúan a usted allí al menos una vez.

Manuel Ver de Faruso se mete el dedo entre la camisa y su cuello y mueve la cabeza. Levanta un teléfono de cable:

--Señorita Jacinta, venga usted a por Criaturito un momento y me hace el favor de llevárselo, por favor, que aunque sea un perro se entera de todo. No te preocupes, Criaturito, que todo está bien.

Don Manuel vuelve al investigador.

--Efectivamente, sí estuve en ese restaurante, pero casi prefiero olvidarlo. No sé a qué vienen ustedes porque ya no me queda más sangre que dar. ¿¿QUÉ LE PASA A ESA JUEZA, DIOS MÍO, QUÉ LE PASA QUE ME ESTÁ EXIGIENDO, QUE ES QUE ME ESTÁ CANSANDO??

--Tranquilícese, por favor.

--Yo ya le he dicho que no suelo salir de mi casa a comer fuera nunca. Soy un hombre muy ocupado y duermo tres horas cada cuatro días. Pero el demonio aquél que me compró el equipo, el que venía de Jerez, me convenció de que había que celebrar la operación en un sitio bueno, que no fuéramos a ninguno de los míos que después los pagarés olían a fritanga. Él fue el que lo dijo. Por lo visto alguien le había hablado de ese sitio. Tomen buena nota de que don Manuel Ver de Faruso reconoce sus errores y sabe que no se portó allí bien con los chicos del *restaurant*, pero, vamos a ver, yo acababa de vender el equipo, lo que había sido MI VIDA en los últimos 20 años. Yo iba de pequeño con mi padre por la vía del tren a ver los partidos del...

Villanueva vuelve a interrumpir bruscamente el discurso.

--Escúcheme, el cocinero de aquel restaurante ha sido asesinado.

Jiménez completa.

--Y en una freiduría.

El empresario sevillano palidece.

--¿No habrá sido en La Isla?

Responde sorprendido.

--Exactamente.

--Hombre, por Dios. Con lo que me gusta a mí el cazón de esa gente. ¿Y entonces ustedes no vienen de parte de la señorita jueza ésta como se llame?

--Pues no, venimos, me temo, por algo más serio: el asesino de la regañá.

--Ah, sí... sí... he leído hoy el *ABC*. Que aunque no hay que justificar lo que ha hecho la criatura, ya era hora de que saliera un asesino de sevillanas maneras y no uno que parezca forastero. A mí me recuerda al representante de un futbolista alemán negro que me vendieron, debe ser también una persona sin escrúpulos. Es rapidísimo, me decían... Me quedo mucho más tranquilo, no tengo nada que ver. ¿Quieren un licor de manzana? Es sin alcohol. Lo hay también de mora, está muy rico, los tengo para no beber siempre zumo.

Jiménez en ese momento se lanza, como si llevara tiempo conteniéndose.

--Yo tomaré uno, don Manuel. De mora. Y por cierto, ¿me podría hacer una foto con usted? Hay que ver con lo que hizo usted hace 20 años por el equipo...

--No me hago fotos normalmente, pero hacía tanto que nadie me reconocía aquello... qué rápido olvida la gente. Me tenía que haber gastado el dinero en Los Lebreros, que me lo ofrecieron por lo mismo. ¿Nos la puede hacer usted, Villanueva?

En ese momento, el teléfono de Villanueva suena y salva la situación.

--Inspector, al habla el comisario, vengan deprisa a la Jefatura. Hay algo en la segunda carta que tienen que ver. Es URGENTE.

OCHO

--Efectivamente, Villanueva, como usted pensaba, ni en la primera ni en la segunda carta del asesino había huella alguna. Aun así, decidimos buscar cualquier pista, como manda el protocolo. Como nos sorprendimos al encontrar que todas las letras habían sido recortadas de revistas sin ningún tipo de relación, pensamos rápidamente en un kiosquero.

--O en un peluquero --añade Jiménez ante la cara de desesperación del comisario.

--Muy bien Jiménez, incluso en un abuelo que vaya mucho a García Morato; ahora, ¿puede callarse?

--Perdón.

--El caso es que una de las letras, concretamente la Z, estaba recortada de un papel que no era una revista. Ese recorte proviene de un folio normal y corriente. Un folio que por el otro lado tenía escrito una especie de horario o cuadrante por las rayas que pueden verse, un horario que pertenece a algo que en su nombre tiene la parte de palabra *Erpet*, que es lo que ha cuadrado en la parte de atrás del trozo de papel.

--No sé si le sigo --avisa Villanueva.

--No se trata de que nuestro hombre tenga algo que ver con algún sitio o empresa que se llame *Erpet*, que por cierto, Google sólo nos ha dado como resultado una fábrica de cristalería de Praga, no. Se trata de que nuestro asesino tenía un papel en casa de un sitio con dos características: que tiene horarios y que tiene el conjunto de letras *Erpet* en algunas de las palabras de su nombre.

Villanueva de repente propone:

--¿"pERPETuo"?

Jiménez y el comisario rematan al unísono.

--Perpetua. Capilla de adoración pERPETua.

Villanueva tuerce el gesto.

--Creo que necesito más datos.

--Son pocos los que conocen la historia de la capilla de San Onofre en Sevilla, y eso que está situada en pleno corazón de la ciudad, en la Plaza Nueva, a 25 metros de la puerta del Ayuntamiento. Sólo la anuncia un pequeño cartel y pasa absolutamente desapercibida al lado de la inmensa tienda de teléfonos que hay en la esquina. Verá, se trata de un templo pequeño, al que acude el verdadero poder económico de la ciudad, al menos la parte cristiana que aquí es prácticamente el 100%. Entre todo el tráfico de gente de la plaza casi nadie le presta atención, pero, si uno se fija, ve cómo llegan taxis con señoras de abrigos de pieles muy bien peinadas a todas horas, tanto del día, como de la noche.

--¿Y qué hacen allí?

--Simplemente van y rezan. El Santísimo que hay en la capilla no puede quedarse solo ni un momento. Por eso hay una especie de horario en el que uno se inscribe, de tal hora a tal hora y está allí, rezando o haciendo lo que sea, evitando que la imagen esté sola ni un segundo.

--¿Y si en algún momento no hay nadie? ¿Si hay huecos en ese horario?

--Suele pasar poco, porque ya le digo que entre la gente más poderosa de la ciudad es una especie de lugar de reunión, allí, de alguna manera lavan sus conciencias por un lado y, por qué no decirlo, establecen relaciones, no se hacen negocios pero se acercan los que los hacen. Pero en el caso de que haya huecos en el papel, como usted pregunta... para eso está el capellán. Aun así, está bastante mayor y hace poco me contaron que tenía algunos ayudantes, más jóvenes, no ordenados, pero muy religiosos claro. La letra de la carta del asesino está impresa en un papel que por el otro lado llevaba ese horario. Villanueva, creo que nuestro asesino frecuenta ese sitio.

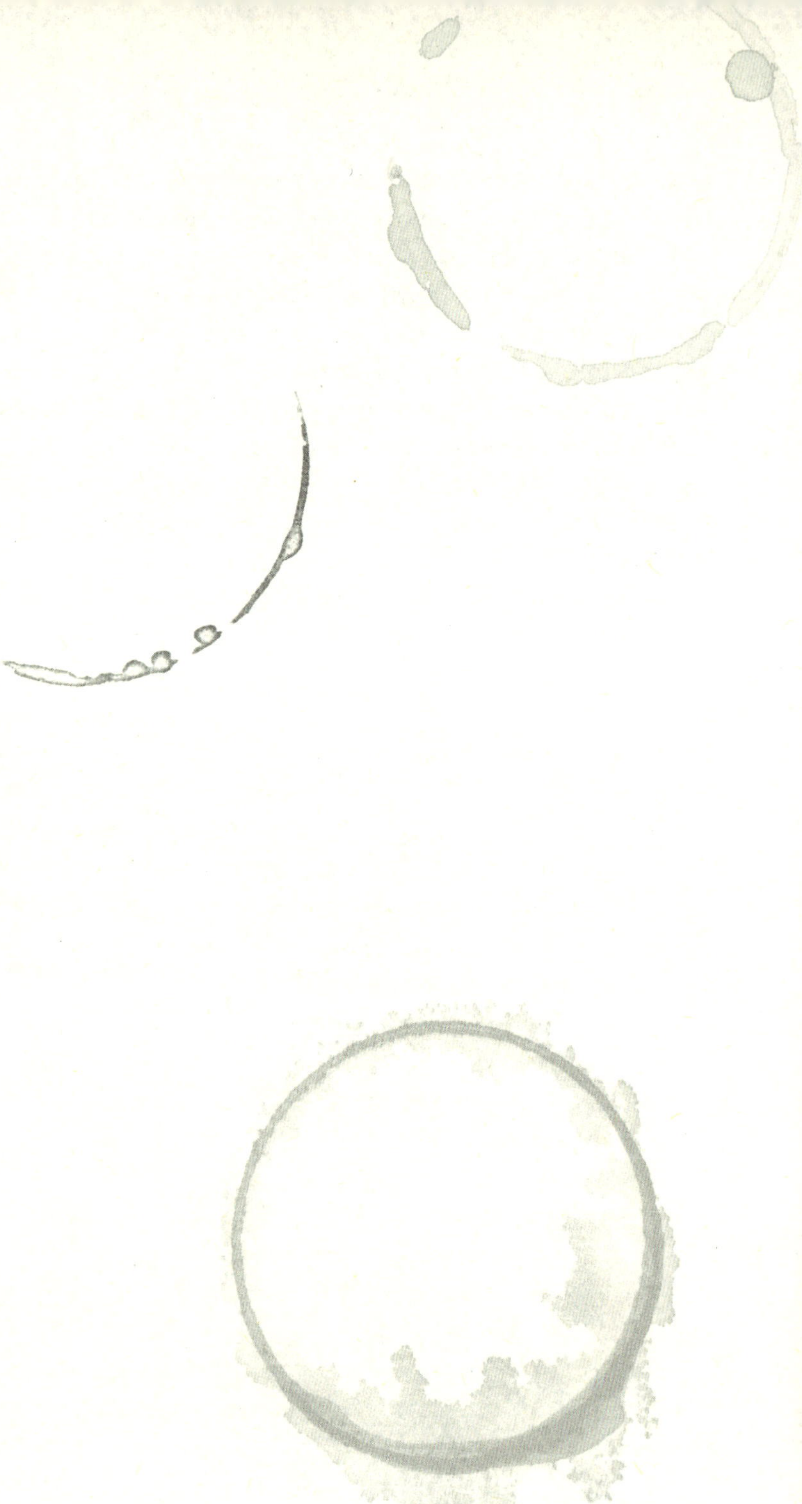

NUEVE

Villanueva y Jiménez van en el Metrocentro, una especie de tranvía que une Viapol con la Plaza Nueva. Va lento. Muy lento.

--¿No había otra manera más rápida de llegar, Jiménez?

--Pues no, y mire que conozco la ciudad bien, pero, qué quiere que le diga. Se puede tirar en coche por detrás y parar en el Hotel Inglaterra y ahora aparcar en un *parking* y pelearte luego con las siesas de la Comisaría para que te paguen el *ticket*... pero es que a esta hora están ensayando en la zona tres hermandades con pasos de carga como el que vio usted el otro día, cuatro bandas de cornetas y están ya poniendo las sillas de palo de la Carrera Oficial.

--¿Y entonces no se puede pasar con el coche?

--¡Claro que no!

--¿Y el que viva ahí?

--Pues, si le gusta la Semana Santa no le importa y, si no le gusta, la playa de Matalascañas está a una hora y tiene unos chiringuitos magníficos.

El Metrocentro les deja justo enfrente de la capilla de San Onofre. Es tan pequeña que casi ni se ve. Villanueva frunce el ceño. Se acercan a la capilla. Jiménez interrumpe.

--¿Hay tiempo para tomarnos un montadito de pata de mulo en Casa Diego? Está aquí mismo y ese queso no lo hay en Madrid, de hecho esa abacería es el único sitio que lo tiene.

--Por supuesto que no.

--Pues yo es que estoy muy flojo, voy a acercarme yo un momento a ver si está abierto sólo.

Son las 11:32 de la mañana de un viernes. Villanueva entra solo en la capilla. Es oscura, silenciosa. Hay tres personas sentadas separadas. Rezan. Villanueva entra y mira. Son dos beatas y un hombre. Ellas están bien arregladas y a él se le ve corpulento, pero está de espaldas. Silencio. Villanueva silencia el móvil. Camina casi sin hacer ruido.

Llega al libro de registro. El ruido de las hojas suena en toda la capilla. Efectivamente, no hay huecos en los horarios. Cambia de página, nada. Todo completo. Los apellidos son todos rimbombantes: Ybarra, Astolfi, Benjumea, Moliní, Orleans... El sitio trasmite paz. Villanueva se sienta en la cuarta fila de bancos. Justo detrás del hombre que es bastante ancho. De alguna manera irradia energía, tensión. Villanueva sigue allí en silencio, esperando a Jiménez y captando. Mira. Observa detalles: el altar, un cepillo en el que no hay monedas sino sobres con letra inglesa y apellidos largos, la alfombra. Los hombros del hombre de delante se mueven mínimamente. Parece que está rezando un rosario. Busca al capellán, pero nada. En ese momento toca con la palma de la mano el hombro del hombre de adelante y le susurra al oído.

--Oiga, perdone...

De manera inesperada el hombre gira el brazo en un movimiento preparado y le da un golpe seco con el codo en la mandíbula a Villanueva. Las beatas de los pendientes de perlas comienzan a gritar y el hombre, mucho más grande de pie y con una sudadera negra sale corriendo por encima de los bancos. Villanueva reacciona como puede, parece mareado y sale detrás de él. Rápidamente el hombre grande gira a la izquierda y otra vez a la izquierda, en una esquina en la que hay una tienda de Max Mara. Se cruza con Jiménez, que viene comiéndose un montadito, trae una bolsa en la mano y no repara en nada. Reacciona cuando ve a Villanueva, sangrando por la boca, que llega corriendo a él, y se para porque será imposible cogerlo ya.

--Magnífico, Jiménez, magnífico. Muchas gracias por su atención.

Jiménez no sabe qué decir o hacer salvo tragar el bocado de montadito que tenía en la boca.

Vuelven a la capilla. Las mujeres están siendo tranquilizadas por el capellán que se va enterando de lo que pasa entre sollozos.

--¿Es usted el capellán? Soy Villanueva, inspector de la Policía.

--Inspector y uno de los responsables de una pelea en la casa de Dios, por lo que veo en su boca.

--Bueno, verá, yo no hice nada...

--Oiga, mire usted, y le aconsejo que no me lleve la contraria, las que no hicieron nada son estas señoras ni este templo. Su presencia aquí no es grata, inspector, haga lo que tenga que hacer, pero hágalo rápido y no vuelva por aquí.

--¡Inspector! --avisa Jiménez desde otro punto de la capilla.

--El asesino de la regañá se ha dejado aquí una bolsa, es de la FNAC y dentro tiene un vinilo: José Manuel Poto. *José Manuel y Amigotes*. Es un cantante de rumbitas de aquí, mi mujer lleva toda la vida diciendo que es muy guapo y yo toda la vida diciéndole que está calvo. Todavía tiene el precio: 14,95€. Toma ya con el Poto.

El capellán monta en cólera.

--¿¿El asesino de la regañá, dicen?? ¿Pero qué estupidez es ésa? No sólo vienen a perturbar sino que ahora encima quieren asustar a mis fieles...

--Sólo estamos investigando, padre, tranquilícese. ¿Conocía usted a un hombre de complexión fuerte que estaba sentado en esta fila hace un momento?

--Mire, inspector, me da la sensación de que usted no es creyente, y seguramente le parecerá éste un sitio de ultracatólicos y de gente rara, pero no son cuatro los que vienen por aquí, sería imposible que conociera a todo el mundo.

Una de las señoras no para de llorar.

--Tranquilícese, señora Matamoros.

Villanueva no ceja.

--¿Tiene usted ayudantes?

--Rotundamente no, qué más quisiera. ¿Me puede dejar tranquilo ya?

--Sí, disculpe, una última cosa, ¿le importa que mire el libro de horarios?

--Haga lo que le dé la gana, ese libro está a la vista de todos.

Villanueva se acerca a ver el libro. Sólo hay dos nombres escritos para esa hora: Sra. Regla Matamoros y doña Elvira Garvey, las dos beatas que aún lloran y son consoladas por el capellán. Ningún dato del hombre grande. Villanueva mira el libro y encuentra una hoja que está arrancada.

--Capellán, ¿ha arrancado usted esta hoja?

El religioso se acerca. Mira el libro, pasa el dedo por el resto de papel que queda y dice que no con la cabeza.

--Nunca había faltado ninguna hoja en los 58 años que llevo aquí.

--Capellán, no quiero asustar a nadie, pero la que falta es la hoja del 3 de marzo, justo el día en el que apareció la primera víctima. Coja el disco de rumbas, Jiménez, nos lo llevamos.

Ha pasado una hora y media de todo eso. En Casa Diego hay un hombre corpulento que se acaba de un trago prácticamente la mitad de un botellín helado de Cruzcampo.

--Dime la cuenta, Diego, tres botellines y los dos montaditos de Pata de Mulo. Y cóbrame esto también que lo voy a necesitar para esta noche.

El hombre se mete la mano en el bolsillo y paga. Lo que ha comprado a última hora es un paquete de regañá.

DIEZ

La casa de José Manuel Poto está en Espartinas, a unos 12 kilómetros de Sevilla. Tiene escrito, con letras de mensaque en la puerta: "Villa Déjame Quererte".

Después de pasar por el Hospital Policlínico de la Macarena y de que a Villanueva le pongan cuatro puntos en el interior, él y Jiménez llegan a la casa y llaman a la puerta.

Les abre la mujer del cantante. Han llamado antes por teléfono, así que allí saben de su visita. Les acompaña por un jardín de césped. Hay un jazmín y arriates con geranios. No entran en el chalet. Lo rodean y llegan a una pequeña casita que tiene otro cartel en la puerta, "Quitapesares". Abren. Dentro hay poca luz y unas diez o doce personas.

Uno tiene una guitarra. Otros beben. Hay botellas de ron y *whisky* encima de las mesas. José Manuel Poto toca palmas sordas mientras una mujer canta una versión por rumba de *My Way* de Frank Sinatra. Hay sólo una persona de pie, hombre, que baila con sensualidad. Al entrar Villanueva y Jiménez todos se callan de golpe. El cantante, poco pelo y ojos claros, ejerce de anfitrión.

--Hombre, supongo que serán ustedes los agentes, pasen, pasen y siéntense, estamos de celebración porque mi compadre José Luis, del grupo "Siempre Igual", va a volver a ser padre.

Un hombre grueso, con el pelo engominado hacia atrás,

rizos en la nuca y una camisa rosa metida por dentro, asiente y hace el gesto de brindar con un cubata en vaso de sidra hacia los policías.

--Verá, señor Poto, no sé si es el mejor sitio para hablar con usted teniendo en cuenta por qué venimos...

--Mire, señor policía, me da igual hasta su nombre, usted viene a mi casa y aquí se hace lo que digo yo, mis amigos son mi familia y ustedes si están aquí son ya mis amigos, así que ustedes se sientan y están con nosotros un rato. Niña, trae dos sillas para los señores y dos vasos con hielo, de tubo no, que esto no es un bingo.

Ron con cola. *Whisky*. Risas. Suenan *Vivo por ella*, *Ese toro enamorado de la Luna*, *19 días y 500 noches* y muchas otras canciones versionadas a rumba. Villanueva, con tres Coca-Colas solas en el cuerpo, se levanta y comienza a mirar las fotos que hay colgadas en la pared. Las hay de otras fiestas: el cantante anfitrión con un antiguo presidente de la SGAE, otra toreando una vaquilla, discos de oro, un cartel enmarcado con mensajes de fanes, una foto jugando al pádel con un ex presidente del gobierno dedicada, otra con Manuel Ver de Faruso... En ese momento Villanueva comienza a mirar una foto de familia, en el jardín, en la que sale mucha gente, el cantante aparece de repente, lo coge por el hombro y amistosamente lo saca fuera. Ya es de noche. Corre un aire fresco que huele a jazmín. Cierra la puerta. El ruido de la juerga suena sordo. Un San Bernardo viene corriendo y se sienta al lado del cantante, para que lo acaricie.

--Cada vez que veo mi foto con Manuel Ver de Faruso... Ay, qué amigos fuimos Manolo y yo, en fin, el tiempo cura las heridas... ¿Y el hijo puta del perro éste? Me lo compré porque creí que venía con el barril de *whisky* y cuando vi que era mentira casi lo devuelvo. Ya lo que pasa es que le he cogido cariño al cabrón, qué cabeza tiene, coño, ahora que lo miro... ¿En fin, qué quería preguntarme agente... VILLANUEVA?

El detective se queda petrificado por el hecho de que conozca su nombre, aún no se había podido presentar a nadie.

ONCE

--Verá, José Manuel...

--Llámeme Pepe, José Manuel sólo me dicen los fanes.

--Muy bien, Pepe. Seguramente le parecerá de lo más peregrino el motivo de mi visita, pero debo reconocerle que estoy absolutamente perdido y tengo pocos sitios a los que agarrarme en una investigación importante que estoy llevando. Seguramente habrá leído algo acerca del asesino de la regañá.

Villanueva suelta el comentario como si nada. Seguramente espera ver qué reacción provoca. El cantante de canción ligera sigue acariciando el enorme cráneo del San Bernardo. Asiente con la cabeza. Es un asentimiento absolutamente natural. No tiene prisa por nada. La noche huele a jazmín y a cloro de piscina en ese jardín. Hay grillos que cantan. Villanueva continúa.

--Creo que he estado realmente cerca del asesino. Siguiendo las pocas pistas que nos deja, llegué a una capilla y allí creo que estuve con él. Fue un encuentro rápido, pero le puedo garantizar que contundente, de hecho mi mentón puede probarlo.

El cantante continúa acariciando la cabeza del perro con una mano. Con la otra bebe sorbos de un cubata con los hielos casi derretidos completamente en un vaso ancho con una publicidad de Brugal serigrafiada. No se inmuta, incluso parece interesado. Villanueva continúa.

--Verá, José... Pepe, perdón, el caso es que en su

huida, porque salió huyendo de aquella capilla, se dejó esto.

En ese momento Villanueva saca el vinilo de la bolsa de la FNAC y se lo enseña al cantante, que lo coge.

--*José Manuel y Amigotes*, hombre, no es *Todo va por ella*, que no vea aquello, menudo melocotonazo de disco. Esta casa, la del Rocío, el chalet de Isla Canela y un montón de chucherías más me llegaron de aquí, y todavía me sigue rentando. Pero, ¿qué quiere que sepa yo de esto? Aparte de que es un asesino con un excelente gusto musical, claro.

--Comprobé en la FNAC si el disco había sido pagado con tarjeta, ese día o en los últimos meses, pero nada, había sido abonado en efectivo poco tiempo antes, por eso lo llevaría. Ya le dije que me parece incluso ridículo estar aquí, pero se sorprendería de los datos que he sacado algunas veces de intentos absurdos. Me preguntaba si con esto de los foros, o los clubes de fanes, le sonaba a usted alguien que se significara por ser especialmente violento, o agresivo... con lo moderno.

--¿Cómo que agresivo con lo moderno?

El tono es diferente en su pregunta. Parece un poco alterado. Villanueva se sorprende. Calla y deja hablar al cantante.

--No hay que ser agresivo con lo nuevo, hay que ser agresivo con lo que es una pedazo de mierda. Por supuesto que tengo muchos fans que se enfadan con la porquería musical que se hace hoy, pero como todos deberíamos hacer. ¿Sabe usted quién es la Lady Faja ésa o como se llame? Valiente mamarracha. Mire, no quiero calentarme y desde luego no comparto la forma de lo que está haciendo ese degenerado, pero cambiar por cambiar lo que está bien, no tiene ningún sentido. Mire, escuche esto: "Para olvidar un amor / si se ha querido en las venas / has de cambiar el color / y ya te vuelven las nenas".

El cantante asiente con la cabeza sonriendo. Sigue dando palillos con los nudillos en la pierna. Y retoma, cantando más agudo y más bajo aún. Casi susurra.

--"Para olvidar un amor / si se ha entregado la risa / duele tanto el valor / duele taaaanto el pavor / que ya el dolor ni te avisa."

--Muy sentido --responde Villanueva.

--Ahora compare con esto, "Don no sé qué, don no sé qué, Alejandro... *Don't call* no sé cuánto, *don't call* no sé cuánto, Fernando", de la mamarracha, hombre por Dios. En fin, Sevilla es una ciudad especial, Villanueva. ¿Sabe por qué el escudo del Betis tiene trece barras? Por la masonería. Aquí se guarda un legado de siglos con la Semana Santa, esta ciudad ha sido cuna de varias civilizaciones y todas, por cierto, sucumbieron al rey católico, es una ciudad que tiene esencia, y no una mierda de ciudad-tienda de cartón piedra como Barcelona, o un nido de *after hours* y maricas drogadictas como Madrid. Aquí se es serio, y no gusta que vengan a tocarnos los cojones. Perdone que me ponga así, pero estoy harto de que haya artistas como la copa de un pino, como alguno de los que están en la fiesta de ahí dentro, o yo mismo, y que no tengamos ningún tipo de apoyo y estemos malviviendo.

En ese momento se abre la puerta de la caseta. Sale una persona de la fiesta. A Villanueva le suena su cara de los expositores de discos de las gasolineras.

--¿Pepito, estás bien?

--Sí, sí, Manolo, no te preocupes, el agente Villanueva ya se iba. Siento no haber podido ayudarle. Vaya con Dios.

Villanueva asiente.

--Sí, ya me marchaba, perdón por haberle robado su tiempo y gracias por la invitación.

--Y por cierto, quédese el disco que lleva y escúchelo, es música buena.

Situación incómoda. Villanueva parece no saber si irse, porque Jiménez sigue dentro. El de las gasolineras y el anfitrión bloquean la entrada invitándole a irse. Entra entre ellos, disculpándose, para buscar a Jiménez. Su compañero está sentado, con una copa en la mano, hablándole al oído a una de las cantantes de Las Lunas que se ríe, imposible determinar a cuál de ellas habla, probablemente habría sido imposible también a plena luz del día. Villanueva lo mira con reprobación. Jiménez suelta la copa y se levanta despidiéndose de la cantante.

--Te llamo, ¿eh, rubia? --Y hace el gesto de llevarse la mano como si fuera un teléfono a la oreja.

DOCE

Madrugada. Villanueva no puede dormir en su hotel. Ni siquiera está en pijama, sigue vestido. Da vueltas por la habitación. Fuera hay silencio.

Está delante del ventanal de su habitación en el hotel HABA Triana. Da directamente al río Guadalquivir. Puede ver la Giralda, la Torre del Oro, y todo el *skyline* de la ciudad. El vinilo de José Manuel Poto descansa encima de una mesa auxiliar, al lado de un libro de pastas duras sobre los monumentos de Sevilla y su provincia. *Multiplica Sevilla* se titula. En ese momento, suena la puerta. Es un camarero del hotel.

--Buenas noches, han dejado esto para usted en recepción.

--¿Quién?

--Pues verá, no lo sabemos, es tarde, el compañero estaba dentro, cuando ha salido ha encontrado el sobre en el mostrador, tiene su nombre.

Es un sobre extraño. A Villanueva se le cambia el gesto. Coge el sobre y rápidamente reconoce el estilo.

--¿Tienen cámaras que graben la recepción?

--Desde luego que sí, señor. ¿Por qué?

--Tiene que enseñármelas ahora mismo.

En la sala de seguridad, el vigilante no controla del todo bien el sistema de grabación de las cámaras.

--Espere un momento que me aclare, ¿FF es para adelante o para atrás?

Los dos conserjes, un camarero de habitación y Villanueva miran desde detrás de la espalda del vigilante el monitor. Villanueva se desespera. Finalmente llegan al punto.

--Ahí, ahí. ¡Pare!

En las imágenes se ve a la única persona que entra. No es un hombre alto, encapuchado y de complexión grande como espera Villanueva. Se trata de un joven con el pelo largo. No mucho, desde luego. No se distingue bien. Parece que lo tiene ondulado y por debajo de las orejas. Viste unos pantalones anchos que parece que son de lino. Unas sandalias que podrían ser de tiras de cuero y una camiseta de rayas horizontales. También lleva un bolso de esparto colgado al hombro. Entra en el *hall*. No hace ningún ruido. Apenas se le ve la cara. Saca del bolso un sobre y lo deja en el mostrador. Es el mismo que tiene ahora Villanueva en la mano mientras le habla al vigilante.

--Perfecto. No borre estas imágenes, envíelas a la Jefatura de la Policía del Duque lo antes posible.

--Hombre, una cosa, lo antes posible es ya mañana cuando venga el compañero del siguiente turno, ¿no?

Villanueva está en su habitación de nuevo. Lo tiene en las manos. Es un sobre negro. Lo coge con miedo. Ya sabe lo que es. No quiere abrirlo aún, como si quisiera retrasar lo que seguramente ya ha pasado. Lo huele. Alguien lo ha perfumado con incienso. Le da vueltas. Lo escruta. Parece desesperado. Habla en voz baja para sí mismo.

--Hasta que no lo abra no podré leerlo, y hasta que no lo lea no tendré la certeza de que ha ocurrido otra vez. Villanueva, saborea cada segundo de tu existencia actual porque en ella buscas a un asesino que sólo ha matado a dos personas, no a más, no a más. Pero eso se acaba.

Abre el sobre negro. Saca, como temía, un folio de El

Galgo doblado perfectamente en tres. Letras de revista componen un mensaje:

DEL MOMENTO EN EL QUE MÁS CERCA HA ESTADO DE MÍ SÓLO HA SACADO UNA HOSTIA.

HOY HA VUELTO A HABER LEÑA... MARISMEÑA.

Esto sí es tortura.

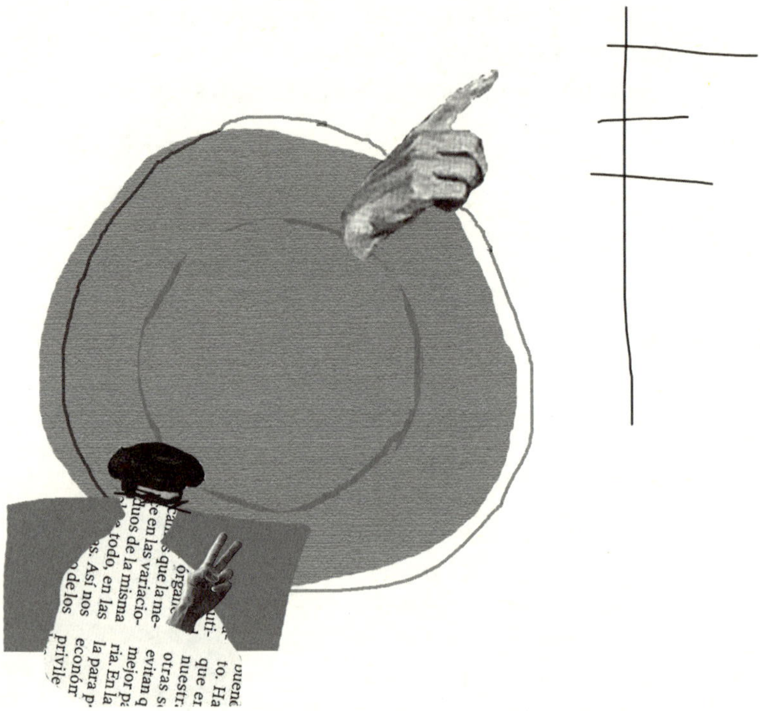

TRECE

TRECE

--Se llamaba Pere Rubinat. Llevaba tiempo ya en Sevilla pero era en realidad de Vilanova i la Geltrú. Era uno de los miembros más activos de una ONG de ecologistas. Lo conocíamos por haber intentado evitar que atracara un petrolero en Gibraltar hace unos años con una pequeña lancha, y antes porque se subió con otros compañeros a la copa de un árbol en la Alameda de Hércules, estuvo cerca de un mes para que no los talaran. Últimamente había estado muy involucrado en la lucha antitaurina.

El cuerpo del que fue Pere está justo en el centro del albero de la Maestranza. Jiménez y Villanueva están a dos metros. Ha sido apuñalado por la espalda con seis o siete cuñas de regañá. Parecen banderillas. Con la sangre de la víctima el asesino ha escrito una frase en la tierra amarilla: "Esto sí es tortura, jipi comeflores".

Villanueva suspira y niega con la cabeza.

--¿Trabajaba en algo?

Jiménez prosigue.

--Bueno, trabajar... Ya sabe que esta gente de los jerséis de lana no producen. Llevaba siete años preparando una tesis sobre la biodiversidad de la marisma de Doñana.

--Ya... Vaya, "leña marismeña" --musita para sí mismo Villanueva.

--Sí, la verdad es que siete años a mí también me parecen una barbaridad. Seguramente sería un niño de papá de ésos que va de *hippie* y que cuando se harte tendrá un sillón cómodo...

--No hablo de eso Jiménez, este hombre estuvo anoche en mi hotel.

--Ah, es que como ha dicho usted lo de "Vaya leña marismeña...". ¿Cómo que estuvo anoche en su hotel?

--Estuvo anoche en mi hotel y no sólo eso, mire, me dejó este sobre escrito.

Jiménez lo abre, lo lee y mira a Villanueva con terror.

CATORCE

Dos personas hablan en un bar.

--Atiende, compadre, en Sevilla hay dos tipos de personas, las que dicen que la calle Almirante Apodaca es la de la Hemeroteca y las que dicen que es la del Tremendo.

Es jueves, sobre la una. El Tremendo está lleno. Hay una conversación en un grupo.

--Total, que el nota ése, el representante de las fuentes ésas de agua, vuelve a ir al taller a intentar colocarnos a mi hermano y a mí una fuente de ésas con vasitos. Yo le digo lo normal, que a mí el agua me da asco porque ahí follan los peces y que por eso bebo Cruzcampo nada más, que está tratada. Y va el colega y me dice que las garrafas las hacen en Alemania y que son imposibles de rellenar.

--¿Imposibles? Venga ya, si eso es de plástico malo.

--Te lo juro, eso me dijo. Total, que le digo que la traiga, que vale. Me la trae el colega y me pongo a darle vueltas dos días al pitorro hasta que descubro que si caliento la boquilla se ensancha y la puedo sacar. Total, que la relleno de agua y al ponerla y darle al agua fría, se contrae y tira perfectamente.

--Qué arte más grande.

--Pues figúrate el nota del agua, mosqueado porque habían pasado cuatro meses ya y no le pedíamos garrafas. Y venga a llamar. Y medio en broma me decía "que si yo tengo una hija que come un taco", "que eso es imposible", "hazte alguna vez un té aunque sea", "que nada más que el agua que se evapora ya es más de la que falta"... Total, que un día viene, y al día siguiente vuelve a pasarse de sorpresa. Y yo la había rellenado y el segundo día había más agua que el primero, ¿me sigues compadre?

--Sí, sí, perdona que ha pasado una tía por ahí y me he despistado, pero vamos, que el nota se queda mosqueado porque hay más agua, ¿no?

--Eso. Total, que mi hermano y yo ya decidimos decírselo pero de una manera guapa, ya verás.

--Miedo me da.

--Lo llamo y le digo que me hace falta una garrafa, que se me ha acabado ya. El colega ni se lo creía. Me decía "¡Hombre! Ya era hora". Y yo, "sí, sí, lo que tú quieras, vente mañana". Al día siguiente llega el nota con el carro ese raro con dos garrafas, entra en el taller, me saluda y le digo: "Ahí tienes la fuente". Y cuando se da la vuelta y mira la fuente... ¡Estaba toda rellena de Tinto de Verano!

Todo el grupo en la puerta del bar estalla en carcajadas.

--Y sale mi hermano con un vaso y dice: "Mira, y si le damos a lo azul, ¡sale fresquito!". Escucha, qué lote de reír, en serio, el colega tirado por el suelo de la risa. Se hizo una foto con la fuente y todo para mandársela a los alemanes, y ahora no nos cobra ya las garrafas porque dice que la foto que se ha llevado vale más.

En otro grupo a pocos metros hay otra conversación totalmente distinta. Hay un hombre corpulento que charla con otros dos. Puede parecer una conversación sobre cualquier cosa.

--¿Qué esperabais? ¿Que nadie preguntara nada con la pajarraca que estamos montando?

--No, hombre, ya, si es normal, pero que no nos gusta, tanta prensa, lo de la capilla... --responde uno de los hombres.

Uno va vestido de manera discreta. El otro, clásico también, lleva una chaqueta de pana roja y huele a incienso. El corpulento interviene.

--Hombre, pues imagínate a mí que soy el que está dando la cara y al que se la pueden partir.

--Sabes que eso no va a pasar, aunque te parezca que estás solo sabes que estamos todos ahí detrás de ti, no te olvides de que somos una "empresa" fuerte.

--Ya lo sé. Igual que espero que sepáis que esto no lo hago por nada más que porque creo en nuestra idea, porque esto no puede seguir así.

--Bah, déjalo, no nos vamos a convencer los convencidos, ¿pido otras tres?

--La última, que me tengo que ir --dice el hombre grande.

--¿Por qué?

--Ya lo sabéis, mi madre tiene Alzheimer.

--¡Y la mía tiene papas con chocos! Anda, tómate la última, que siempre caes. A cualquiera que se le diga la que estás liando y viviendo con tu madre... Además, te tenemos que dar el cuarto encargo, toma, anda.

--¿Ya? Ayer mismo estuve en la Maestranza. ¿No es demasiado precipitado?

--Mira, "manos grandes", que tienes las manos que parecen un catálogo de nabos, tú eres el brazo ejecutor, eres importantísimo, pero no te olvides de que eres brazo, no más. No pienses, no es tu papel.

--Deben ser siete máculas. Y después, debe ser lo de la *madrugá*. Quedan 13 días y cuatro operaciones por cerrar, no puedes dormirte. No te preocupes por la exposición, ya te digo que no estás solo. Toma.

Le entregan un sobre grande de papel Kraft. El hombre grande lo abre. Dentro hay dos fotos: una de una mujer que mira unos planos en una obra con un casco azul puesto, la otra, del proyecto de la torre Pelli ya finalizada.

QUINCE

Villanueva está en su habitación del hotel. Tiene la mesa llena de papeles. Las paredes están prácticamente tapadas con mapas y fotos de las víctimas. Tiene las mangas remangadas. Llaman a la puerta. Villanueva se levanta, abre y ve a Jiménez. Trae un reproductor de vinilos y encima una especie de cartucho.

--A los buenos días, fiera, aquí le traigo el tocadiscos que me pidió. Yo pensé que estas cosas ya no se vendían, pero hay muchísimos, este tiene USB y es el segundo más barato, las cosas no están en la Jefatura como para presentarles un facturón, que luego se piensan cosas raras; ya se mosquearon una vez por los *tickets* de los taxis... ¿Bueno, para qué lo quiere, para ambientarse investigando o qué? ¿Cómo van esas pesquisas?

--Bueno, pues la verdad es que no hay mucho. Hay un patrón, desde luego: todas las víctimas podrían catalogarse dentro un mismo grupo, gente joven, innovadora en cualquier ámbito que, de alguna manera, amenazaron a la parte más rancia de la ciudad.

--Modernas, vamos.

--Sí. Todas además aparecieron en lugares de evidente tradición de la ciudad, mire.

Villanueva señala con el índice varios puntos marcados con rojo en un mapa inmenso que hay colgado de la pared.

--De momento los tres puntos no parecen describir ningún dibujo, me he matado a proponer líneas esperando ver algo que me diera alguna pista, pero no encuentro nada. Lo dramático es que tendríamos que esperar a que vuelva a matar para añadir otro punto y ver si reconocemos algo. Y eso no puede ser.

--Lo bueno de que las víctimas sean modernitos es que no hay tantos en esta ciudad.

--Ya, Jiménez, pero no podemos ponerle protección a todo el que lleve unas gafas de pasta, unas Gazelle o escuche Radio 3.

--¿Unas Gazelle qué son?

--Unas zapatillas, Jiménez.

--Madre mía, con lo bonitos que son unos buenos botos de Valverde... ¡Y cómodos!

Jiménez se señala abajo con la mirada y se levanta el bajo del pantalón mostrándole las botas a Villanueva.

--¿Quiere decir que ese calzado es cómodo?

--¿Está de broma? Con estas botas he ido yo a ver a la Blanca Paloma cuatro Rocíos ya. He pasado el Quema y no se me mojaron los calcetines ni un poquito.

--¿Goretex?

--Con todos mis respetos, Villanueva... el coño de su prima Goretex. Son de piel de becerro flor, color Arabia, engrasada con forro de piel de ciervo.

--Usted va mucho al Rocío, ¿no? Un día debería llevarme. Aunque sea otra ciudad tiene mucha relación con esa parte de la ciudad que nos interesa, ¿verdad?

--¿Con las modernas?

--No, con las modernas no, con la otra parte de la ciudad que nos interesa: la clásica.

--Ah, sí, sí, pero vamos, ahora hay poco que ver allí. Yo le llevo pero para eso lo bonito es ir en la época. Es el acontecimiento religioso más multitudinario del mundo, más de un millón de personas se juntan en esa aldea, ¿sabe? Es impresionante.

--Bueno, de momento, seguimos con lo nuestro. He estado investigando sitios de esa mitad rancia de la ciudad...

--Rancia no, clásica, decente, normal, vamos.

--Perfecto, Jiménez, la normal, y me gustaría que nos pasáramos por algunos de estos lugares.

--A ver, ¿qué sitios son esos?

Villanueva pasa las hojas de su cuaderno y finalmente encuentra una hoja.

--Un bar que se llama Garlochí, la tienda de artesanía Pasión del Mundo Cofrade, y la redacción de la revista *El Zaguán de Sevilla*.

--Droga dura, incluso para mí, Villanueva.

--Me alegra que diga eso, tengo la sensación de que mientras más rancio sea el sitio en el que investiguemos, más cerca estaremos de nuestro asesino. Por cierto, ¿qué era ese cartucho que traía encima del tocadiscos? Lo ha dejado todo manchado de aceite.

--¡Hostia, es verdad! ¡Los chicharrones! ¿Quiere?

--No, déjelo, me gustaría vivir más allá de los 40 sin gota.

--¿Gota? Yo tengo ya un chorrito.

Villanueva y Jiménez entran en el bar Garlochí. Significa, más o menos, *corazón* en caló. Es imposible describir la cara de Villanueva. La de Jiménez sí es más sencilla: es de orgullo. No hay diez centímetros de pared libre en todo el local. Todo está repleto de esculturas de vírgenes, ángeles y cristos. Hay varios lienzos recubiertos con visillos que retratan a varias de las caras más conocidas de la alta sociedad sevillana. Llama sobre todo la atención un lienzo de la duquesa de Alba que tiene clavados dos pendientes de pedrería real. Hay clientes que rápidamente se pueden identificar como habituales, y grupos de jóvenes que beben ajenos a toda la barroca decoración. Villanueva y Jiménez se acercan a la barra. Atienden dos personas, un joven marroquí de veintipocos y un hombre mayor, de sonrisa usada y camisa impecable. Él es quien se acerca.

--¿Qué pasa, Pedro? ¿Cómo estás?

El hombre se echa sobre la barra y sobre sus ochenta años y saluda con dos besos a Jiménez.

--¿Qué tal, Santiago? Vengo de trabajo, te presento al inspector Villanueva, así que no me pongas nada, que estoy de servicio.

--Encantado, inspector, pero bueno, por muy de servicio que estén, una cervecita les podré poner, ¿no? ¿O prefieren una jarra de sangre?

Villanueva se revuelve.

--¿Cómo dice?

--Tranquilo, inspector, no es nada raro, es sangre... pero de Cristo. Simplemente es una bebida que preparamos aquí. ¿No la conoce? Eso no puede seguir así, le preparo una jarra, se hace con vodka, ron, granadina, champán, nata y algunas cosas que si le contara le tendría que mandar al asesino de la regañá para que no saliera de aquí ese cóctel.

Todos en el bar se ríen.

Ya con la jarra preparada, la barra es atendida ahora sólo por el camarero árabe. En una mesa aparte, presidida por un azulejo que dice "El rincón de Luz", están los tres sentados.

--¿Por qué el "Rincón de Luz", Santiago?

--Bueno, como usted entenderá, alma mía, nuestro bar es bastante singular, eso hace que venga mucha gente y muy distinta. Muchos son artistas de categoría, y una de las clientes a las que más cariño le tenemos es Luz Parsifal, la cantante. Es del norte y vive en Madrid pero viene mucho por aquí, dice que ésta es su casa, y por eso tiene su mesa. Joselete, un cantante muy conocido de copla aquí en Sevilla, *pluma gitana* le dicen a su estilo, es otro de los habituales, no es raro cuando cerramos que se quede aquí y tengamos cante privado y sangre, hasta altas horas de la noche. Sangre de Cristo, se entiende.

--La mesa de Joselete no sé, pero la silla estará reforzada, ¿no, Santiago? --interrumpió Jiménez.

La gente vuelve a reírse casi al unísono. Villanueva mira. Todo el mundo parece disimular que está pendiente de lo que se cuece en esa mesa.

--Seré claro, ¿por qué me ha gastado la broma del asesino de la regañá? Precisamente veníamos aquí a preguntarle por eso.

--Bueno, no sé el tiempo que lleva en esta ciudad, inspector, pero aquí se hace una broma de todo. Es lo que se conoce como guasa.

--¿Guasa?

--Sí, no sé de dónde viene, la respuesta estará en la historia, como dice el programa ese... El caso es que, desde luego, que es grave lo del malaje este, pero eso no quita que podamos hacer bromas sobre eso. Antes de que llegaran ustedes, un cliente me ha dicho que quitara una canción de Miguel Bosé, que como se enterara el de "la regañá", iba a venir a pegarle fuego al bar.

--¿Qué cliente fue?

--Entiendo su interés, inspector, pero ese cliente se puede decir que es mayor que su madre, tiene 87 años, lleva toda la vida viniendo y apenas puede sostenerse en pie. No es su hombre. No creo que tenga energía ni para partir un trozo de regañá.

--Ya...

--No puedo ayudarle mucho, me temo, pero de todas formas le diré que no es alguien temido ni mucho menos, ese tipo de la regañá.

--¿Qué quiere decir?

Santiago mira hacia su copa. Parece arrepentirse de lo que ha dicho. Mete la cañita de su cóctel en la boca y se decide.

--Pues que hay mucha gente que de alguna manera está de acuerdo con lo que hace.

--¿Qué está usted diciendo?

--Antonio Gala dijo una vez: "Lo peor no es que los sevillanos piensen que tienen la ciudad más bonita del mundo, lo peor es que puede que tengan hasta razón". Eso es así, inspector, no lo digo yo, y para muchos, vivimos en un momento en el que se destroza todo eso que nos ha distinguido como lugar único. Hay muchas ciudades en las que comer *foie* y croquetas de *boletus*, ¿aquí también, coño? No. Aquí se come carrillada, serranito, pavía, espinacas con garbanzos y croquetas del Ovidio, y lo demás, perdóneme porque no le conozco y no sé de qué pie cojea, inspector, son mariconadas. Desde luego que no hay que desear la muerte a nadie, pero aquí en la barra del bar uno escucha muchas opiniones y para muchos no había otra salida. Se estaban cargando la ciudad. Para muchos, no para mí desde luego, que quede claro, ese asesino tiene dos huevos.

DIECISÉIS

Sábado por la mañana. El Pasaje de los Azahares. En pleno centro de la ciudad, entre calles de adoquines y casas antiguas, hay una especie de callejón con locales de tiendas extrañas. Villanueva es dirigido por Jiménez hasta la tienda "Pasión del Mundo Cofrade".

La tienda se parece más al bar que visitaron ayer, al Garlochí, que a cualquier otra cosa. Si alguien quiere comprar una Virgen de casi dos metros, cirios o velas, o incluso un cáliz, ése es el lugar que necesita. Lo atiende Carolo. Treinta y pocos años. Rellenito. Camisa celeste con rayas azules. Cráneo importante. Pelo engominado hacia atrás. Barba apurada.

--Ustedes deben de ser los agentes. Bienvenidos a este humilde negocio, ya me dirán en qué podemos colaborar con ustedes.

Es muy amanerado al hablar y al moverse. Sonríe sin parar.

--Verá, no se preocupe, es más que nada una ronda de información; por supuesto no tenemos nada contra usted ni sospechamos de nada, puede estar tranquilo, lo único es que estamos preguntando por algunos negocios de la zona, estamos investigando el caso del Asesino de la Regañá.

--Es tremendo, desde luego que sí, pero... ¿En qué le puedo ayudar yo?

--Seguramente en nada, pero tenía que comprar unas

velas y ya he decidido aprovechar el viaje --añade Villanueva.

--Unas velas, eso es otra cosa; ¿quiere velas blancas de velatorio o un buen cirio rojo?

--No lo tengo muy claro, ¿me las enseña?

--Claro.

Villanueva y el dependiente hablan de tipos de cera, de la rapidez con la que se derrite o de la cantidad de modelos de mecha que hay. Jiménez no entiende nada y curiosea por la tienda. De repente, la conversación cambia.

--Estando aquí, supongo que escuchará a muchos clientes, habrá muchas conversaciones

--Hombre, claro, claro...

--¿Y qué opina la gente de este hombre, del asesino de la regañá?

El dependiente traga saliva y gira la cabeza. Es un gesto que le recuerda al inspector al que hacía Manuel Ver de Faruso constantemente.

--Se dicen muchas cosas inspector, ya sabe que Sevilla es una ciudad señorial para muchas cosas, pero un pueblo para muchas otras. La gente habla mucho, más con casi un 30 por ciento de paro.

--¿Qué cosas se dicen?

--Pues de todo, hay quien dice que lo ha visto dando vueltas por el barrio de Santa Cruz buscando algún guiri al que clavarle la regañá, otros dicen que es un fantasma que no tiene sangre sino vino de naranja, hay quien dice que es la reencarnación de un antiguo inquisidor o los hay, incluso, que dicen que tiene que ver con el mismísimo Ver de Faruso.

--¿Con Ver de Faruso, el ex presidente del equipo?

--Sí, pero yo creo que es porque a ese señor se le echa de menos en la ciudad desde que dejó el equipo. También existe el rumor de que serán siete las personas que asesine.

--¿Cómo?

--Sí, ya le digo que son sólo habladurías, pero el siete es un número clave en la ciudad. Una de las calles más bonitas es la de las Siete Revueltas, está aquí cerca por si quieren pasarse, se llama así porque tiene siete giros. Según a quién se le pregunte, lo más importante o lo más odioso para otros, la Expo, fue en el 92, 9 menos 2 da también 7. Una de las hermandades con más tradición es la "Real e Ilustre Hermandad Sacramental de Nuestra Señora del Rosario, Ánimas Benditas del Purgatorio y Primitiva Archicofradía del Sagrado Corazón y Clavos de Jesús, Nuestro Padre Jesús de la Divina Misericordia, Santísimo Cristo de las Siete Palabras, María Santísima de los Remedios, Nuestra Señora de la Cabeza y San Juan Evangelista", que para ahorrarse uno toda esa barbaridad, se conoce como la hermandad de las Siete Palabras. Ya para los precristianos era un número místico. Existe el restaurante de Las Siete Lunas, donde se comen unas espinacas con garbanzos espectaculares y, no se olvide de una cosa, cuente: Sevilla.

--¿Que cuente qué?

--Las letras, Sevilla, tiene siete letras.

DIECISIETE

Villanueva y Jiménez llegan al portal del barrio de Los Remedios en el que según la página web está la redacción de la revista *El Zaguán de Sevilla*. Villanueva tiene un ejemplar en las manos. Es una revista gratuita. Lo tiene más que ojeado: entrevista a Olivia de Borbón Von Hardenbert, desfile flamenco llamado "Gitanería" en el Real Club de Labradores, baile de máscaras en los Reales Alcázares o cómo presenta su último disco José Manuel Poto. El portero electrónico responde.

--¿Quién es?

Jiménez se adelanta.

--¡Policía, abra por favor!

Dicho esto, se dirige a Villanueva.

--Lo siento, siempre he querido pronunciar esa frase.

Abren y suben. La redacción es amplia. Muy amplia. Hay unas diez o doce mesas, cada una con un ordenador y alguien escribiendo. Les recibe una chica rubia de unos treinta años. A Jiménez le gusta. Tiene la piel muy morena y una sonrisa rara. Según un pequeño cartel que tiene en la mesa se llama Mara.

--Buenos días, ¿en qué puedo ayudarles?

--Buenos días, no hay ningún problema, señorita, simplemente es una ronda de preguntas rutinaria. Nos gustaría hablar con el director o el editor, o la persona que esté al mando.

--Santiago, Santiago Ezequiel Bruma. En un momento le llamo, siéntense si son tan amables.

Dos minutos de espera. En el despacho de Santiago Ezequiel Bruma hay una foto dedicada de Carmen Lomana y portadas de la revista enmarcadas: la duquesa de Alba, Francisco Rivera Ordóñez o Pitita Ridruejo. Es bastante alto, bien parecido y grande, muy grande. Lleva patillas de hacha y viste traje de chaqueta de dos piezas: la chaqueta verde y camisa de estampado rojo, ambos de lana. Lo corona todo con una pajarita azul. Podría tener el mismo estilista que Jaime de Marichalar y una buena cuenta de cliente en la tienda El Ganso. Si llega a los 30 años es por poco a pesar de su estilismo. Les recibe desde la mesa. Está llena de papeles y tiene dos ordenadores. Villanueva no puede verle las manos. Es grande. Muy grande.

--Buenas, encantado de conocerles, siéntense y díganme en qué les podemos ayudar.

Parece bastante nervioso. Villanueva decide no andarse con rodeos.

--Me gustaría ver sus manos si no tiene inconveniente.

La cara del joven palidece. Se pasa las palmas por los muslos de su pantalón de lana en un gesto con el que intenta secarse el sudor debajo de la mesa. Las levanta y las ofrece, palmas hacia arriba. Villanueva las mira. Jiménez las mira. Los dos las contemplan unos segundos. Villanueva las coge y las toca como si fuera a leer el futuro en ellas, aunque lo que le gustaría de verdad es leer el pasado.

--Está bien. Muchas gracias. Tiene usted unas manos muy suaves y bastante pequeñas, por cierto.

--Vaya, ¿y eso es bueno o malo?

--Créame que para usted, bueno... para mí, quizá, peor. Quería preguntarle qué sabe del asesino de la regañá.

--Así que es por eso... Verá, fue un malentendido de mi colaborador, no fue con mala fe, se malinterpretó y ya en el número de esta semana hemos pedido disculpas a los familiares de las víctimas, sean lo tiesos que sean.

--¿De qué habla?

--Supongo que estarán aquí por el artículo que publicamos en el número anterior. Tenemos una sección que se llama "Buenos días, reina de Tarssis" en la que grandes nombres de la vida de esta ciudad escriben sin ninguna censura sobre lo que quieran. Lo suelen hacer con sobrenombres. Nuestros lectores, gente bien relacionada, suelen saber de quién se trata, es una especie de secreto de comunidad. Aun así, hacerlo bajo un seudónimo es clave para que se expresen como de verdad sienten las grandes firmas de esta ciudad, sin responsabilidades. Ya le digo que nos hemos retractado, pero también le digo que como estrategia de comunicación nos ha venido muy bien porque ha tenido mucha difusión. Nos pasó lo mismo hace tiempo, porque la revista tiene ya cinco años, con un artículo sobre los frikis que escribió una colaboradora, Mara, la han conocido en la puerta.

--Muy guapa, por cierto --interrumpe Jiménez.

--Una verdadera yegua, y con cabeza, agente, con cabeza.

--¿Puedo ver ese texto? --corta Villanueva.

El joven director busca algo en su iPad. Tarda poco. Finalmente lo localiza y se lo entrega a Villanueva. En la pantalla, los ojos del inspector leen esto:

> Buenos días, reina de Tarssis. Buenos días, Sevilla. Sé que estás preocupada por estos tiempos

extraños de furia, pero cree a este hijo tuyo enamorado de que no tienes por qué.

"Eso lo dirás tú", me dirás con esa sonrisa de plata que retrató el poeta y esa dulzura que tintinea en las fuentes de los Alcázares. "Ya, ya sé", te respondería yo mirándote a tus ojos de luz, "ya sé que hay poco trabajo, que muchos de tus hijos lo pasan mal y que ahora, además, anda suelto un hombre peligroso, pero no te preocupes, no tienes que temer. ¿Acaso San Fernando no mató también por ti?".

Esto fue lo que yo le conté a la bella doncella que es nuestra ciudad y me escuchó. Estuvimos toda la noche hablando, al olor de una dama de noche y un jazmín y cuando ya rayaba el alba por Guillena me dijo: "Cuánta razón tienes, pero qué dolorosos son los medios de un fin sano. Me vuelvo a quedar tranquila".

¿Qué es lo que le dije? Pues escúchenme y ya verán que razón no me falta. Le puse el doloroso ejemplo de que a alguien le matan a una hija. Doloroso trance, sin duda, y uno, aunque a veces tenga ganas, no puede pedir pena de muerte, no, pero, ¿acaso alguien pensaría mal de un padre que sin poder soportar el dolor, acabara con la vida de quien lo más preciado le quitó?

No una respuesta institucional, no delegar en que alguien nos arregle lo nuestro, mirar a la rabia a la cara e ir decidido hacia aquello que nos ataca y que, si no acabamos con él, acabará con lo que queremos.

Sevilla, nuestra enamorada, lleva siendo mucho tiempo atacada. Unas veces gritándolo en nuestra cara como con ese absurdo proyecto de las Setas, y otras más en silencio. ¿Por qué no había de comenzar a defenderse ya? Y, sobre todo, ¿por qué temer a quien viene a salvaguardar lo que queremos que perdure? Yo no tendría valor de hacer lo que hacen otros, pero sí lo tengo para quitarme la careta y decir "¡Ole!". Y encima con una regañá.

Siempre tuyo, el Almirante.

Villanueva acaba de leer el texto y mira al joven periodista.

--¿Me puede decir quién escribió esto?

--El Almirante Topete.

--¿Perdone?

--Como le he explicado, las firmas que escriben en "Buenos días, reina de Tarssis" lo hacen desde el más respetado anonimato. Para la revista es interesante contar con firmas que serían inaccesibles por nuestros recursos y la única condición que ponen es que nunca sea desvelado quién escribe qué. Lo siento, no puedo decírselo.

Villanueva se levanta y se apoya en la mesa. Se acerca a la cara del editor amenazante y lo agarra por las solapas.

--Mira, pijo blandito, o me dices quién ha escrito eso o vuelvo con una orden de un juez para matricularte a la fuerza en una escuela taller de carpintería en el barrio más chungo que haya en Sevilla.

--¡Vade Retro! ¡No hace falta ponerse así! ¡Lo escribió el periodista Álvaro Burguillos!

DIECIOCHO

El hotel Incosol está a unos 6 kilómetros del centro de Marbella pero parece que está en medio de la nada. Desde la autovía de la Costa del Sol, el coche de Jiménez y Villanueva coge el desvío de Torre Real. La carretera, una especie de calle con chalets lujosos a los lados va subiendo. Hay un badén cada diez o quince metros.

--Aquí la gente tiene buenos coches y le da igual los badenes, pero menudo coñazo --apostilla Jiménez.

Finalmente llegan a una rotonda con un cartel en el que se lee Incosol. El coche atraviesa un arco y llega a un hotel inmenso en lo alto de una colina. Nada se ha tocado desde los 70.

--¿Le gusta a usted Sabina, jefe?

--Pues mira, sí.

--A ver si recuerda está canción: *Cris, Cris, Cristina, dirige una oficina sentada en la piscina de Incosol.*

--No me diga.

--Efectivamente. Incosol era el sitio al que durante los 70 y 80 venía la gente de mucha pasta. Jefes de Estado, los mejores artistas, todos venían aquí desde cualquier parte del mundo atraídos por su confidencialidad y por sus tratamientos de salud a partir del agua. Dicen que tiene incluso quirófanos. Uno llega aquí, se hospeda durante un mes en el que no sale de ese arco que acabamos de cruzar y cuando vuelve a su casa pesa 20 kilos menos, tiene las orejas abrochadas y tetas de goma.

--¿Y qué pinta aquí Álvaro Burguillos? ¿No me ha dicho que es uno de los periodistas más tradicionales de Sevilla? No lo veo poniéndose más pecho.

--Bueno, creo que también hacen tratamientos que son curas, sin necesidad de operarse de nada. "Renacimiento" le llaman. Estás aquí todo el día de piscina en piscina, comiendo bien, durmiendo diez horas al día, sin quitarte el albornoz y vuelves casi más nuevo que operándote.

En el *hall* de entrada hay una inmensa recepción y un sillón circular lleno de africanos. Todo parece de los 70: el gotelé de las paredes, las barandillas doradas de la escalera, la moqueta, incluso la ropa que visten los africanos parece de alguien que se preocupara por su aspecto, pero, efectivamente, en los 70. Jiménez y Villanueva llegan a la recepción.

--Hola, somos el inspector Villanueva y el agente Jiménez, hemos quedado con el periodista Álvaro Burguillos.

--Bienvenidos a Incosol. Ya nos ha avisado. Está en la piscina tropical. Si salen por esta puerta de cristales se la encontrarán de frente. Intenten no pasar a la siguiente piscina porque la ha reservado un cliente para él solo.

--¿Quién? --preguntó Jiménez.

La recepcionista hizo un gesto hacia los africanos del sofá.

--Un jefe de Estado africano, éstos son algunos de su seguridad. Allí Incosol tiene mucho cartel.

Villanueva y Jiménez avanzan por el *hall* y salen a los jardines. No pueden disimular que son policías por la manera de andar y las gafas Aviator. Atraviesan unas fuentes en las que hay ranas. Todos los clientes del hotel van vestidos con albornoces. Reconocen varias caras: cantantes, empresarios, ex futbolistas.

--Todo tiene un poco aire a secta --apunta Jiménez susurrando.

Llegan a la piscina tropical y ven al periodista. Tiene barba y gafas y está tumbado en una especie de cama de hidromasaje que está debajo de agua. Habla con alguien al lado que está también dentro de la piscina y que mira. Es un famoso actor de la época del cine de destape español que cuchichea.

--Ésos son maderos, Álvaro. Ya empezamos, como me hagan bromas de Pepito Piscinas verás...

El periodista los ve y les saluda con la mano. Los agentes llegan a la piscina.

--Buenos días, señor Burguillos, soy el inspector Villanueva y éste es mi compañero, el agente Jiménez.

De momento el actor los mira y se acomoda.

--Buenos días, seguramente conocerán a mi amigo, los viejos *rockeros* también necesitan de vez en cuando de cuidados, no le hagan bromas de su película de piscinas que no lo lleva demasiado bien, ¿verdad amigo?

--Sí, sí, sí, bueno, bueno, yo os dejo tranquilos, te veo en el *wellness*, para tomarnos una cervecita, encan... encantado señores.

El actor se aleja del grupo. Se queda a unos 15 metros. Toma el sol sentado en el bordillo de la piscina. Deja los pies dentro del agua.

--Ustedes dirán a qué debo esta visita.

--¿Vive usted aquí? --pregunta Jiménez.

--Bueno, no exactamente, me siento como en casa, pero no vivo siempre aquí, está relativamente cerca y lo alterno con Sevilla. Gracias a Dios, escribir una columna de opinión puede hacerse desde cualquier sitio, se podría decir que desde hace un par de años estoy siete u ocho meses aquí y el resto en mi Sevilla.

--Ahá.

--Sé lo que están pensando, que esto debe de salir por un dineral, ¿no? Bueno, a los dueños les gusta mantener a caras conocidas por aquí y a algunos como a mi compañero, el del destape o a mí nos hace precio, ¿verdad? --dice levantando la voz. A 10 metros, el actor responde:

--Sí, sí, sí, desde luego, sí.

--Discúlpenme la postura del recibimiento, pero tengo problemas en la espalda y no puedo faltar a mi tratamiento. Ya está acabado, vamos a aquella mesa, estaremos más tranquilos.

La mesa se halla a unos 10 metros de donde están. Por tanto, a unos 20 del actor. Villanueva camina pensativo y mide la distancia. Jiménez camina mirando a una clienta extranjera que hace *top-less*.

--Mucho mejor aquí. ¿Qué necesitan? Y, por cierto, denle recuerdos a Miguelón, hombre, que hace mucho que no lo veo, díganle que nos toca cena en Nobles, y que esta vez pago yo, se ponga como se ponga.

--¿Miguelón?

--Sí, Miguel Rodríguez, el comisario. Es un gran amigo mío, ¿saben?

Villanueva parece captar el énfasis de la entonación del "¿saben?".

--No lo veo mucho, yo voy un poco por libre, la verdad. Pero cuente con ello si lo vemos. Mejor llámelo usted y así se asegura. En cualquier caso, supongo que estará al tanto de todo lo relativo al "asesino de la regañá".

--Ya, ya sé por qué vienen, ese niño pijo no ha aguantado y les ha dicho que yo escribí la Reina de Tarssis aquella, ¿verdad?

--Así es.

--Entiendo su preocupación, pero hablamos de un género

periodístico antiquísimo: la ironía. No sean tan básicos como el locaje.

--¿Locaje?

--Bueno, la plebe, los civiles, la gente que no es nada. Es un término que me pegaron mis compañeros periodistas deportivos, se refieren así a la afición. "Hay que tener cuidado con lo que se escribe que el locaje después..." Me hizo gracia desde el principio, viene de loco, claro. Me fascina que el lenguaje sea algo tan vivo y evolucione. En fin, etimologías aparte, que quede clarísimo: yo no tengo nada que ver con esas muertes.

»--Ni sé quién es ese hombre, ni me parece bien que alguien vaya por ahí ajusticiando a gente porque sí, independientemente de lo que hayan hecho. Para rectificar conductas incorrectas está el buen gusto y, en última instancia, profesionales en la policía como Miguelón o ustedes, que hacen tan bien su trabajo.

--¿Entonces por qué escribió lo que escribió?

--Bueno, fue en parte idea del director de la revista, ese chaval quería algo contundente sobre un tema complejo para conseguir difusión. Yo entré al trapo a cambio del anonimato y de unas cuantas comidas en los mejores restaurantes de la ciudad, que son los que se anuncian en su revista.

--¿Cómo?

--*El Zaguán de Sevilla* aspira a ser un grupo de presión y eso vale dinero, no lo da. Es una revista gratuita, con buenas firmas, que no cobra dinero por ninguno de sus anuncios, simplemente, como él lo llama, recibe "intercambios".

--¿No se cobran los anuncios?

--No en dinero. Créanme que, en Sevilla, invitar a alguien a cenar en uno de los restaurantes más caros de Andalucía como el Nobles, o el Otiza y que al ir a pagar no le dejen a uno porque invita la casa es casi mejor que el dinero. Se consigue una imagen que después da lugar a muchos otros favores. Eso es lo que queremos todos los que colaboramos en esa revista. La familia de ese chico tiene muchísimos posibles, por un lado le pone un chiringuito a su hijo para que esté entretenido y por otro se labran un nombre en la ciudad.

--Me parece siniestro. ¿Le puedo preguntar qué pretende como último objetivo ese chaval?

--A usted le parecerá una tontería seguramente, pero está trabajando, poco a poco, para ser el próximo Hermano Mayor de la Macarena. Créame que eso es ser más que alcalde en Sevilla.

En ese preciso momento el periodista se levanta de la silla y sin que nadie entienda nada comienza a gritar.

--¡YA LES HE DICHO QUE NO SÉ NADA! ¡QUIÉNES SE CREEN USTEDES PARA VENIR A MI CASA A INCORDIARME CON SEMEJANTES ESTUPIDECES! NO-SÉ-NA-DA. ¿Les queda claro?

Toda la piscina mira de repente hacia la mesa en la que están. El actor también. Burguillos vuelve a sentarse. Villanueva y Jiménez no entienden nada. Jiménez incluso se ha asustado con el ruido.

--Lo siento, pero creo que ya está bien. Necesito descanso y no que me molesten con charlotadas. Les rogaría que se marcharan.

Se levanta y les ofrece la mano en alto en señal de despedida. Tres vigilantes de seguridad aparecen del hotel y miran la escena desde lejos. Valoran si deben entrar o no. Villanueva le da la mano y el periodista escritor hace una mueca extraña que sólo ve el inspector.

--Muchas gracias por atendernos. Siento las molestias.

--No se preocupe. Todo está bien. Ahora márchense, por favor.

Villanueva y Jiménez salen del recinto de la piscina.

Nos están vigilando.

DIECIOCHO

Turistas, clientes, todos los miran marcharse con curiosidad. Todos menos el actor que hace como que no los ve. Villanueva lo mira al pasar a su lado.

--Adiós, espero que descanse.

Y se marchan. De camino, Jiménez califica el último gesto de su jefe al actor.

--*Guantá* sin manos, jefe.

Ya están fuera. Los dos caminan en silencio por el *parking* del hotel hacia el coche. Hay aparcados un Bentley, un Jaguar, un par de Aston Martins, todo son cochazos en ese *parking*. Los dos andan en silencio. Jiménez mira los coches y finalmente se atreve a decir.

--Cómo se ha puesto el abuelo, ¿no?

--Cállese y ande Jiménez. Nos están vigilando.

--¿Vigilando?

--Ese hombre tiene miedo: cuando me ha dado la mano me ha pasado una nota.

DIECINUEVE

A unos 177 kilómetros de Marbella, Susana Abalde entra en su chalet de Simón Verde. Es una de las zonas residenciales más caras de Sevilla. Técnicamente está fuera, en otra localidad, pero tan cerca que es prácticamente un barrio. Llega cansada. Tiene los zapatos de seguridad llenos de barro y cemento. Quizá por eso los deja a la entrada. Se calza unas zapatillas que tiene justo allí. Deja las llaves en un vaciabolsillos diseñado por Alessi y cuelga los portarrollos con planos en la percha de un mueble oriental. Es joven, sobre unos 35 años. También, a pesar de la poca luz que hay, parece guapa y delgada. Se lava las manos en el fregadero. Pulsa un mando a distancia y comienza a sonar un disco de Florence+The Machine. Camina por la casa medio bailando y cantando estribillos en voz alta. Llega a la cocina que es americana, nada la separa del salón. Coge un cuenco y se sirve unas uvas. Saca su iPad del bolso y lo coloca en una pequeña barra de la cocina. Se sienta en un taburete y, mientras come, comienza a repasar los planos de una obra. Parece una torre.

De repente, detrás de una cortina emerge una sombra. Es bastante grande. Se aproxima hacia ella. Aunque la música ahoga el sonido de los pasos. Las zapatillas Victoria negras, propias de costalero, apenas producen ningún sonido contra la tarima flotante de sauce noruego. Cuando la sombra está justo detrás de la chica la música cambia de repente. A mucho más volumen, al máximo del equipo de música Denon, suena la marcha de *Campanilleros*. Ella salta. Se asusta. Mira su iPad y ve el reflejo en la pantalla de alguien justo detrás de ella. No le da tiempo ni a gritar, se gira y dos manos que casi no son humanas por su tamaño comienzan a estrangularla. Ella abre la boca queriendo gritar y los ojos casi se le salen. Una voz que parece nacida del mismísimo infierno le grita:

--¡Puta! Quieres dejarnos sin ser patrimonio de la humanidad, ¿no, zorra? Con tu torre de mierda... ¡Te la puedes meter por el coño! ¡Entérate de que la única torre de esta ciudad es la Giralda!

La joven y prometedora arquitecta deja de resistirse y cae al suelo inánime.

Las manos que hasta ahora estaban arrebatándole la vida que transitaba por su cuello ahora le comprueban el pulso. No tiene. Esas mismas manos, envueltas en guantes de algodón blanco de nazareno, apagan la música. Ahora, el asesino le acerca la boca a su oreja, el aliento le huele a mistela y le canta algo en susurro.

--"La giralda es chocolate. Turrón la Torre del Oro. El Postigo es un piñonate y un flan la plaza de toros." A ver si pega ahí la torre Pelli, so puta.

El asesino le araña los brazos y las piernas con una regañá que deja allí. En unos instantes desaparece como si nunca hubiera estado.

El cuerpo de la arquitecta está en el suelo de la cocina lleno de cortes. Han pasado horas. El teléfono ha sonado varias veces. De repente, casi ya de noche, tiene una tos violenta. La arquitecta se despierta con la boca seca. Tiene toda la cara manchada de maquillaje corrido de haber llorado. Se despierta milagrosamente y vuelve a llorar. Apenas puede ponerse en pie. Intenta llegar con la mano hasta la barra en la que se comía las uvas. Las

"No tarden, por favor."

DIECINUEVE

tira al suelo. El cuenco se parte. Sigue tentando con la mano. Tira un cuchillo. Finalmente su mano consigue que caiga su teléfono, marca como puede el 112.

Habla. Da su dirección y pronuncia entre llantos: "No tarden, por favor".

En ese momento, cierra los ojos y cae al suelo.

VEINTE

Será una paciente protegida pero la habitación del hospital Virgen del Rocío es la misma que para cualquiera. Una tele por monedas, cama de hierros, la única diferencia es que la otra cama está vacía y que hay dos policías en la puerta. Villanueva y Jiménez están dentro, alrededor de la cama.

--Sabemos que está muy débil, de verdad que somos conscientes de ello...

Jiménez parece nervioso por si vuelven a venir los médicos. Les han dicho hace un momento que traten de no presionarla.

--Está más floja que todas las cosas, Villanueva. Al final nos echan de García Morato.

--No, no, está bien, entiendo que es importante también para mí por muy magullada que esté. Llegué a casa muerta de la obra...

Jiménez interrumpe.

--Bueno, muerta, muerta casi se queda luego...

Villanueva se lo come con la mirada.

--El caso es que no noté absolutamente nada, todo estaba en orden, la puerta no parecía tener nada raro y llegué, puse música, me preparé un poco de fruta y apenas recuerdo poco más.

--¿No hay ningún dato que le venga a la memoria? Entiendo que es pronto y que en estado postraumático no se recuerda todo, pero cualquier cosa, un olor, una sensación, puede sernos de mucha ayuda.

--Lo siento, recuerdo que era bastante grande y que tenía unas manos aún más grandes, eran demasiado grandes incluso para su inmenso tamaño, aunque no sé si fue una apreciación real. Imagino que cuando te están dejando sin aire cualquier mano te debe parecer gigante.

--Ya...

--Recuerdo también que iba de oscuro, con la cabeza cubierta por una especie de capucha. Lo sé porque lo que vi reflejado en la pantalla de mi iPad era muy oscuro. Apenas se le distinguía la cara.

--¿Le dijo algo?

--Sí, no lo recuerdo bien, pero criticó la obra de la torre Pelli y me insultó varias veces.

--¿Cómo la insultó?

--Me dijo "Puta", eso lo recuerdo bien.

--¿Tiene cámaras de circuito cerrado en casa?

--No, lo siento, no me gustan demasiado las cámaras.

--¿Alguna vez hubo alguien que se señalara especialmente contra la obra que está realizando?

--Bueno, no sé si está al tanto de que ha habido mucha polémica con esa obra, pero a mí no me importa mucho, ya estuve en la ejecución de las Setas de la Encarnación y por allí también se pasaban muchos locos. No sabría decirle en cuál de los dos proyectos tuvimos más. Lo normal en una obra es que se acerque la gente para preguntar curiosidades o simplemente para mirar, pero tanto en las Setas como aquí, era llamativo porque había muchos, bueno, muchos, muchos, tampoco, pero había algunos que protestaban, se quejaban e incluso nos llegaban a insultar. Aquello, quizá por ser la primera vez, fue más duro, no lo entendía muy bien. Yo soy de Santander y allí nadie se plantea actuar así, al menos hasta donde yo conozco.

De manera que cuando comenzaron las mismas historias en Pelli yo ya me lo tomaba un poco a broma. De hecho, recuerdo que incluso tranquilizaba al resto del personal, porque la UTE de una obra no es la misma que de la otra y yo era la única de todo el equipo que participé en los dos proyectos...

--Perdone, ¿una UTE?

--Son las siglas de Unión Temporal de Empresas, ya sabe, en proyectos demasiado grandes, varias constructoras se unen y actúan como un todo mientras dura la obra.

--Ahá, muchas gracias, señorita, de verdad que ha sido de mucha ayuda, es probable que recuerde más cosas conforme se vaya recuperando, si es así, cualquier detalle, me gustaría que nos lo contara. Aquí tiene mi tarjeta.

--Desde luego, inspector, así lo haré.

Villanueva y Jiménez salen de la habitación. A la derecha dejan una sala en la que seis enfermeras están sentadas detrás de un mostrador, hablando. Los policías dicen adiós pero ninguna lo nota. Villanueva mira a Jiménez mientras esperan a que llegue el inmenso ascensor del hospital.

--¿Qué te parece, Jiménez?

--Me he asustado cuando ha dicho lo de UTE porque había entendido el LUTE. ¿Y a usted?

--Pues que desde luego es nuestro hombre, de eso no hay duda. Ni de eso ni de que tiene unas manos que podrían delatarlo. Otra cosa que me llama la atención es que creo que este hombre no trabaja solo.

--¿Cómo dice?

--Con un simple ordenador se puede investigar mucho, y desde luego alguien como el que buscamos es un loco, y los locos investigan todavía más. No me extrañaría que una sola persona hubiera podido rastrear hasta llegar al programador del videojuego "Matanza Capillita", al cocinero del Ratantal, por supuesto al ecologista que había sido visible en medios de comunicación, pero... ¿Cómo iba a descubrir alguien quién es la única persona que repite en el personal de dos obras? Eso no está publicado en ningún sitio, así que, o bien este hombre es un loco que investigó y que se fijó en la cara de esta chica y la reconoció en la obra de la torre, o tiene ayudas de gente con mucha información.

Villanueva y Jiménez salen del hospital. Hace una mañana soleada. Entran en el coche. Jiménez pregunta.

--¿Adónde vamos?

--Vaya hacia el Aljarafe. Le iré indicando. ¿Se acuerda de la nota de Burguillos, el periodista? Parece que alguien tiene algo que contarnos.

Villanueva le entrega un pequeño papel doblado a Jiménez:

> El artículo de la revista fue una manera de llamarles. Me tienen encerrado aquí porque esto ha ido demasiado lejos. Tienen que hacer algo antes de las siete muertes. Vayan a hablar con José. Al dorso está su dirección. Intenten que su hermano Carlos no se entere. Son humoristas. La casa se llama "La Omaíta". Al dorso está la dirección. Esto es más grande de lo que usted puede imaginar.

VEINTIUNO

"Ha llegado a su destino", pronuncia el GPS. La casa de José, del dúo cómico Los Gachones de Triana, parece grande. Villanueva y Jiménez bajan del coche y llaman al portero electrónico.

--¿Sí?

--Agentes Villanueva y Jiménez, venimos a hablar con José.

--Pasen.

La puerta se abre y deja ver un jardín grande y bien cuidado. Al final hay una casa blanca. Tiene paredes de cristal tapadas con cortinas. Es una construcción bastante moderna. El humorista sale de la puerta y los encuentra. Viste unos pantalones anchos, una camiseta y una sudadera de un gimnasio que se llama SatoSport. Parece que viene o va a hacer deporte.

--Bienvenidos, muchas gracias por venir tan pronto. Yo solo no me habría atrevido a citarlos, pero cuando me llamó Burguillos entendí que hay veces que uno tiene que ser valiente.

--Le agradecemos mucho su colaboración.

--¿Les han seguido?

--Hostia, pues yo la verdad es que no me he fijado, como veníamos hablando... --responde Jiménez.

--No se preocupe, hemos tomado precauciones, no tiene por qué temer.

--Perfecto, pasen dentro.

El salón es espacioso. Muy elegante. En ese momento aparece un joven. Es rubio. También atlético. Por su aspecto parece de fuera. Inglés o americano quizá.

--Les presento a mi marido.

--Un placer.

Por el acento efectivamente parece americano. Los cuatro se sientan en un sofá *chaise longue* frente a una gran pantalla recogida de proyector. José comienza a hablar.

--Verán. No sé muy bien cómo hemos llegado a esto. Usted parece de fuera, inspector, seguramente se lo habrán dicho ya muchas veces, Sevilla es una ciudad distinta.

--Ya me voy haciendo a la idea, sí.

--El caso es que aquí las tradiciones tienen un peso muy grande, se lo digo yo, que no tuve nunca problemas en reconocer mi homosexualidad y eso, fue muy traumático. Supongo que el humor me ayudó, pero seguramente me costó más sufrimiento que a alguien en Madrid o Barcelona.

--Me hago cargo perfectamente.

--Aquí hay gente muy inmovilista y tiene muchos ámbitos en los que exhibir ese bloqueo a lo nuevo: Semana Santa, Rocío, Feria de Abril. Ésas son las más obvias, pero hay mucho más. Es como si se retroalimentaran unos con otros y comenzaran una especie de competición para ver quién es más clásico, quién sabe más de Sevilla y quién se adapta más al cuerpo de creencias que ellos llaman "sevillanas maneras".

--¿Sevillanas maneras?

--Sí. Mi hermano y yo somos muy diferentes, pero lo quiero aun más que a un hermano. Puede imaginarse que trabajando juntos tenemos una relación muy especial. El caso es que hace años comenzó a contarme que comenzaba a ir con un grupo de gente influyente de la ciudad.

Nunca me dio nombres, pero siempre hablaba de "gente muy gorda, José, del taco gordo". A mí al principio me hacía gracia, sonaba como una especie de masonería de rancios. Quedaban, hacían sus reuniones secretas, se ponían tibios de botellines y discutían de si el solemne triduo por aquí, de si el quinario por allá... Todo inofensivo, me parecía a mí.

--¿Su hermano se refería a ellos de alguna manera?

--Cuando vio que yo no estaba por la labor de acompañarlo dejó de contarme cosas. Me contestaba con evasivas, pero al principio, cuando estaba tan excitado con la novedad, sí me dijo el nombre: *Serva la Bari*.

Villanueva no deja de escribir cosas en su libreta.

--¿Cuándo comenzó a preocuparse usted?

--Bueno, la impresión que tengo es que la cosa fue creciendo. Como ya le he dicho, estas cosas tienen mucho de competición entre ellos. Por lo poco que me llegaba, organizaban actividades y era como si fueran cada vez subiendo el listón más y más. Comenzaban por quedadas en cuaresma por los bares de la ciudad comiendo tapas sin carne, que si bacalao, que si espinacas con garbanzos, después ya fueron subiendo el tono y llegaron las palizas.

--¿Palizas?

--Sí, ahí fue donde mi hermano se distanció. Desde a inmigrantes, hasta a okupas. Salían de cacería pero ellos no se manchaban las manos. Contrataban a gente para que lo hiciera por ellos. Según yo entendía, ellos decían que estarían en tal velador de bar o que pasearían por tal calle a tal hora y allí, casualmente, se encontraban con una pelea que se quedaban a ver como si fuera una obra de teatro.

--¿Quiénes daban las palizas?

--Neonazis, pero de fuera. No querían a nadie de aquí.

Son listos. Muchos tienen contactos en Madrid. Los contrataban como si fueran sicarios sudamericanos de éstos que salen en el programa de Mercedes Milá, que vienen, matan y se van. Les pagaban y les daban un billete de AVE ida y vuelta. Mi hermano intentaba no contarme nada, pero más de una vez se le escapaba. No sé sí eran uno o varios, pero de vez en cuando se le escapaban comentarios sobre un tal Juanito, que era el que más interés ponía en estas cosas. Por lo visto cobraba más pero les compensaba.

--Juan Gálvez, creo que sé quién es. Es uno de los líderes de los Ultrasur.

--El problema vino después. Empecé a notar a mi hermano preocupado. Tuvimos incluso que cancelar la gira de nuestro espectáculo. Estábamos en el Teatro Häagen-Dazs de Madrid y cuando acabamos allí me pidió un descanso para volver a Sevilla. Teníamos programado Galicia, Barcelona... Económicamente fue un desastre, pero yo por mi hermano hago lo que sea, y ya te digo que sentía que lo necesitaba. Llegamos a Sevilla y su preocupación fue en aumento. No me decía nada pero de vez en cuando soltaba cosas como "esto es de locos", "se está yendo de las manos", y lo que comenzó a preocuparme: "tengo que salir de aquí".

--¿Cuánto hace de esto?

--Pues coincidió exactamente con la aparición de "el asesino de la regañá". Recuerdo incluso que le regalamos un curso de cata de vinos biológicos y me dijo, después de ir un solo día, que lo sentía pero que no podía volver al curso, que me devolvería el dinero. Mi hermano nunca habría hecho ninguna de las dos cosas, ni dejar de ir a un sitio en el que le dan vino gratis, ni intentar devolverme el dinero de un regalo que no puede aprovechar. Llámeme paranoico, no sé si estoy dándole demasiadas vueltas, pero creo que mi hermano se ha metido en un lío del que quiere salir y no puede.

--¿Por qué dice eso?

--Porque mi hermano hace tres días que ha desaparecido.

El de los Ultrasur.

VEINTIDÓS

VEINTIDÓS

Jiménez y Villanueva salen de la casa del humorista y se meten en el coche. Villanueva saca el teléfono sin perder un instante y marca un número de teléfono.

--¿Sara?

--Hola Julián.

--Necesito volver urgentemente a Madrid. Sácame dos billetes de AVE. Es muy importante que pueda interrogar a Juanito Gálvez, el de los Ultrasur, cuanto antes.

--Va a ser complicado, Julián. Ha aparecido muerto esta mañana.

--¿Cómo?

--Pensábamos que era un ajuste de cuentas sin más. ¿Tienes algún dato?

--Mierda, no tengo datos pero, un momento, dime una cosa, ¿dónde ha aparecido?

--En el centro, en las escaleras de una parada de Metro.

--¿De qué metro?

--Espera que lo mire, Juan Gálvez ha aparecido muerto en Metro Sevilla.

VEINTITRÉS

--Mierda.

Villanueva ni se despide. Cuelga el teléfono y le da una patada a la guantera del coche. Jiménez calla. No sabe dónde meterse ni cómo calmarle. Vuelve a sonar el teléfono. Es el teléfono de la Jefatura de Policía de Sevilla. Suena la voz del comisario.

--¿Villanueva?

--Sí

--¿Ha leído el *ABC*?

--No.

--Pues le recomiendo el número de hoy, porque nuestro hombre ha cambiado el destinatario de sus cartas. Hay una nueva víctima, pero aún no sabemos dónde.

A Villanueva no le hace falta buscar un kiosco. Consulta abc.es y lee el titular: "El asesino de la regañá envía una carta a *ABC*".

--Busque un kiosco, quiero leer esto en papel.

> La policía no impedirá que el trabajo se concluya. Hay ya otra bofetada a los herejes. No fue tan cruel, salió a mear tres veces.

Villanueva frunce el entrecejo. No entiende nada. Jiménez le toca el hombro.

--Jefe, hay otro cadáver y sé donde está. Vamos a la fábrica de Cruzcampo.

Han pasado más de tres horas. Todos los alrededores de la fábrica están llenos de curiosos. Villanueva, Jiménez, el comisario y un equipo de la unidad de subsuelo de la Policía están encima de uno de los depósitos de cerveza. Hay varios buzos dentro del depósito de 30.000 litros de cerveza. El comisario se desespera.

--Es el último depósito que nos queda, Jiménez, espero que su presentimiento sea real.

Jiménez parece dudar de su instinto. Se lo piensa y se atreve a hablar.

--Verá, no es un presentimiento, señor, tiene base científica, se trata de un chiste.

Villanueva se echa las manos a la cara y se da la vuelta. El comisario se sale de sí mismo.

--¿Cómo que un chiste?

--Sí, ése de "Compadre, ¿te has enterado que Miguel se ha muerto? Coño, si yo lo vi el martes y estaba tan normal. Pues se ha caído en un depósito de 30.000 litros de Cruzcampo. Hostia, qué muerte tan desagradable, ¿no? Pues no te creas, salió a mear tres veces".

Todos los miembros del equipo sin excepción se quedan callados. Sólo se oye una risa de Villanueva que se ha alejado un poco para evitar el ruido. El comisario se dirige a Jiménez como una bestia.

--¿Sabe usted cuánto vale montar un dispositivo de búsqueda como éste? ¿Sabe que hay que pagar 30.000 litros de Cruzcampo por cuatro depósitos, 120.000 litros de cerveza porque se han metido buzos?

--La verdad es que es el trabajo soñado por más de uno que yo conozco, comisario.

El comisario se acerca con furia a Jiménez. Éste hace el ademán de protegerse cuando suenan golpes dentro del depósito.

120.000 litros.

VEINTITRÉS

--Un momento, están avisando comisario --dice un policía.

El cable de acero de una grúa que se metía en el depósito se tensa y vuelven a sonar golpes. Una polea mecánica comienza a tirar hacia arriba. Desde la calle puede verse ese depósito. En la calle, todos los curiosos y periodistas están agolpados. Todas las cámaras apuntan a lo que saque esa grúa. Efectivamente, del depósito sale el cadáver de un hombre chorreando cerveza.

VEINTICUATRO

Una gran habitación en la que casi todo es de aluminio contiene a todos los policías. Todos en el depósito de cadáveres están delante del cuerpo que aún huele a cerveza. El cadáver es muy delgado, debe medir metro setenta y tiene las manos grandes. Un policía habla.

--Se llamaba Claudio França. Era brasileño y llevaba viviendo en Sevilla unos cinco años. Se vino de Brasil por su novio, José María Maduit, él sí sevillano. Desde hace tres tenía una tienda de *delicattesens* cerca de la calle Zaragoza, ya sabe, una de esas tiendas pijas en la que te venden botellas de agua por seis euros y *foie gras* por veinticinco.

Están todos en el tanatorio de Virgen del Rocío. El comisario, Villanueva, un policía que explica todo lo que se ha averiguado de la víctima, y Jiménez, que no se reprime.

--Coño con el agua, seis euros, menuda hostia.

Todos vuelven a mirarle.

--Vamos allá. ¿No nos acordamos ya de que encontré el cuerpo?

--No se le conoce ningún tipo de enemigos ni de problemas con nadie. No ha recibido amenazas nunca y era absolutamente feliz por lo que nos parece ver. La tienda, inexplicablemente, le iba bastante bien. Murió asfixiado. Probablemente con una bolsa. Están analizándola, pero me juego mi carné del Sevilla a que era una bolsa de Regañá

El Guijo que encontramos en uno de sus bolsillos. Había escrito un mensaje: "Cata toda la cerveza ésta, *sommelier* de mojones. 6 de 7".

Villanueva sigue todos los datos atentamente y pregunta.

--¿Tenemos localizado a su marido? Me gustaría interrogarle.

--Lo tiene en la habitación de al lado. Está velando el cadáver mientras vienen sus familiares de Brasil.

Villanueva sale del depósito y mira la sala de espera. No le cuesta identificar quién es Antonio. El marido es delgado. Mide metro sesenta aproximadamente. Va vestido con un pantalón vaquero estrecho, unos zapatos blucher, camisa por dentro y flequillo largo.

--¿Antonio?

--¿Sí?

--Soy el inspector Villanueva, sé que no es el mejor momento, pero me gustaría charlar con usted a solas.

--Por supuesto.

El joven se levanta. Se seca las lágrimas. Obedece la indicación de la mano de Villanueva para salir fuera.

--Tengo entendido que no tenían problemas de ningún tipo usted y su novio.

--¿A qué se refiere?

--A amenazas, ¿temían que alguien les pudiera hacer algo?

--No. Claudio era muy cariñoso y todo el mundo lo adoraba.

--Igual le extraña mi pregunta pero, ¿en su tienda organizaban catas de vino?

--Pues sí que me extraña la pregunta, pero sí, así es, era uno de los servicios que ofrecía Claudio. Yo trabajo en un estudio de arquitectura. Además también hacía *catering*, cursos de cocina... era una persona muy inquieta.

--¿Sabe si fue algún famoso alguna vez a alguna cata?

--Pues no, no tengo ni idea, quizá porque era de fuera, quizá porque era de familia acomodada, a Claudio no le impresionaban mucho esas cosas, aunque hubiera aparecido Madonna, no me lo habría contado. Bueno, miento, el caso de Madonna sí que me lo habría dicho.

Llegan dos personas al lugar en el que están hablando Villanueva y el viudo.

--¡ANTONIO! ¡DIOS MÍO, QUÉ COSA MÁS TERRIBLE!

Lo abrazan rápidamente. Comienzan a llorar. Villanueva se echa hacia atrás y agacha la cabeza. La sube y se encuentra con la mirada de José el humorista, el Gachón de Triana, y su marido. José asiente como pidiendo aprobación sin que Carlos se dé cuenta. Su marido se lleva un dedo a los labios en señal de silencio. Se acerca a Villanueva.

--Ya no puede hacerse nada, no le diga que lo pusimos nosotros en el punto de mira, por favor.

Villanueva asiente y se marcha.

VEINTICINCO

Cima de la Giralda. Entre cientos de turistas, dos hombres hablan tranquilamente asomados a las ventanas.

--¿Se nos ha echado encima la Semana Santa, eh?

--Sí, y da gusto llegar con todos los deberes hechos. Las flores para los pasos ya están reservadas, los cirios... todo está a punto. O casi a punto, no creo que en cuatro días que quedan para el Domingo de Ramos nuestro hombre no acabe su trabajo, ¿no es así, hombretón?

En ese momento se giran. El hombre de manos grandes se incorpora a la reunión. Se apoya en la barandilla de piedra del mirador con los codos y mira también al horizonte que marca el Aljarafe.

--A cinco minutos del centro de Sevilla dicen que está eso. Un mojón para ellos. En fin, no os imagináis cómo me jode que la obra de la puta torre esa se cargue la misión, y que fuera ése el único trabajo que se quedara a medias.

--No te preocupes, de psiquiatría me han dicho que no creen que vuelva a dormir tranquila en su vida. Mucho menos con el tratamiento que le están dando. Se acabará volviendo loca y se tirará de su propia torre, si no, al tiempo. No te preocupes por eso, grandullón, que agua pasada no mueve molino. Además, ya cuadraste la cabalística en la capital del Reino con el mandril ése que nos hacía los encarguitos.

--Perfecto.

--¿Cómo va nuestro traidor?

--¿Esa rata? Lo tengo en el sótano de un Cash María atado. Pilla cerca de mi casa, así que voy a verlo a menudo para que no se nos muera antes de tiempo. Creo que lo que más daño le está haciendo es no decirle cómo queda el Sevilla.

--Nunca tuvo que haber entrado.

--Ya, pero reconoce que echamos unos ratitos muy buenos cuando se ponía con lo del taco y lo de los tiesos.

--Eso sí. Es lo que tienen los humoristas. Da pena, la verdad.

--Yo lo veo como una herramienta, y ya está.

Quedan en silencio un momento. El tercer hombre, hasta ahora callado, sin dejar de mirar el horizonte, le pregunta al hombre de las manos grandes.

--No todo va a ser trabajo, tendrás limpio ya tu traje de diputado de tramo, ¿no?

--Este año es especial, hermano. Encargué hace tiempo uno nuevo. Cuando sean los fuegos artificiales quiero estar lo más presentable posible.

--Me parece genial. Intenta controlarte este año y no formes ningún pollo cuando se te cruce algún imbécil como otros años. A ver si vamos a cagarla al final por una tontería.

--Descuida, seré paciente, sé que hay un fin mayor. El Señor requiere mi fuerza en otros caminos.

Vuelve a hablar el otro hombre, sin mirarlo.

--Por cierto, y de último regalo... qué bonita camisa llevas.

--Es de camisería Galán, de calle Sagasta.

--Ya, ya sé de dónde es, incluso sé que no te han dejado pagarla, para que veas que te cuidamos.

--Eh, gracias.

--Toma, el último sobre. Un diseñador no hace camisas

tan bonitas desde luego. Más bien mariconadas. Lo único bueno es que se le ven las tetas a las tías con tanta transparencia. En los desfiles, claro, porque yo todavía no he visto una cosa así por la calle en mi vida.

--Perfecto. Lo he entendido perfectamente. Está sentenciado.

VEINTISÉIS

Es por la tarde en los relojes pero ya se ha hecho de noche en el cielo.

Villanueva está absolutamente perdido.

Camina pensativo por la calle Tetuán. No deja de mirar las caras de la gente. No sabe adónde ir. De repente, le llega un intenso olor a algo avinagrado. Muy fuerte: adobo.

Hay un callejón que sale a la izquierda. Ve gente en la puerta. A un lado del callejón está una tienda Zara, enfrente un pequeño bar, "Blanco Cerrillo". Villanueva entra y entre la gente pide una cerveza.

--¿Quiere adobo?

Villanueva no sabe muy bien a lo que dice que sí pero asiente.

Le ponen un pequeño plato con pescado frito y se apoya en la barra a escuchar. Hay una discusión entre dos personas a gritos que siguen todos. Parece que bromean a pesar del volumen.

--Te digo que mi cartel de toros es más antiguo.

--Pero, vamos a ver, si no te acuerdas de la fecha, ¿cómo estás tan seguro?

--Coño, porque tú eres un triste, y tú no vas a tener un cartel de toros más antiguo que el mío, seguro, que me costó un dineral.

--Vamos a ver, aunque no te acuerdes de la fecha, vamos a hacer una comprobación. ¿De qué está hecho el tuyo?

--¿Cómo que de qué está hecho?

--Sí, de qué material, cojones.

--El mío de un papel muy antiguo, muy antiguo. Muy viejo, viejísimo, el más viejo que hay, vamos, será papiro y todo.

--Ea, pues ya está, el mío es más antiguo seguro porque en el mío las letras están escritas sobre una tela así... que parece seda.

A todo el bar le parece un argumento incontestable. La gente asiente y murmura, todos están de acuerdo. El otro hombre no parece darse por vencido.

--Mira, te voy a decir una cosa y me vas a dar la razón en que mi cartel es más antiguo, ya verás, so enterado. ¿Sabes quién es el primer espada que sale en mi cartel?

El bar entero se calla. Todo el mundo espera acontecimientos. Villanueva parece pensar en el humorista que ha perdido a su hermano y en la conversación que tuvieron sobre cómo se compite en esa ciudad por ser más de esa ciudad. El hombre del cartel de seda por fin responde.

--No tengo ni idea. ¿Quién?

Silencio total en el bar. Podría hablarse incluso de tensión. Finalmente, el hombre responde.

--¡GLADIATOR! ¡Ole, Ole, Ole! --Y el hombre comienza a dar saltos por el bar con las manos arriba, como bailando sevillanas y riendo.

Villanueva, como todos en el bar, no puede evitar la carcajada. Sale con la cerveza a la calle. Se apoya en la pared de Zara. En ese momento se le acerca un hombre mayor. Tendrá unos setenta años. Bebe una copa de vino. Lleva una cartera de piel.

--Usted no es de aquí, ¿no?

--¿Perdone?

--Disculpe que haya entrado así, tan brusco, me llamo Nicolás, soy periodista y me he fijado en usted cuando éstos dos discutían. Me llama mucho la atención cómo reacciona la gente de fuera en esta ciudad ante determinadas situaciones que aquí son más o menos normales. De hecho, estoy escribiendo ahora algo que va por ahí. Perdone, si le molesto me marcho.

--Nada, nada, no se preocupe. Me estoy despejando. Ésta es una ciudad compleja. Ya lo sabrá usted.

--Ya lo creo, "Sevilla es una ciudad con muchos hijos: hijos ilustres e hijos humildes, hijos sencillos e hijos soberbios, hijos enamorados de ella e hijos enamorados de sí mismos... Pero, en definitiva, hijos que aguardan la dádiva de su madre". Lo dijo José Luis Manzanares, el arquitecto.

--Ya, ése es mi problema, alguno de sus hijos...

--Cualquier ciudad debe ser extraña viniendo desde fuera, mucho más ésta que se abre tan poco.

--Ése es el problema, es casi imposible penetrar. La gente, que parece muy abierta de primeras, luego se cierra en torno a los suyos, cuesta, ya le digo yo.

--Si quiere sacarle cosas a la ciudad tiene que fijarse en los detalles. No olvide esto, dele una vuelta a las cosas. Lo de darle una vuelta a las cosas es una frase muy de periodista, le reconozco que yo la odiaba cuando era más joven, pero es muy útil. Escuche, seguramente esa discusión que ha escuchado en el bar, la de los carteles de toros, sea lo más verdad que vaya a sacar esta noche de esta ciudad. Dígame una cosa, ¿le gusta?

--Es bonita, sí, no está mal.

--Ya, pero uno sabe a los diez minutos de estar en un sitio si podría vivir allí o no, ¿usted podría?

--Ciertamente no. Me parece una buena amante, pero no me podría casar con ella.

--Ésa es una de las mejores definiciones que he escuchado de esta ciudad, enhorabuena. La meteré en mi libro, si a usted no le importa. ¿Está aquí por trabajo?

--Sí, sí... llevo ya un tiempo.

--Espero que le dé tiempo a quedarse para Semana Santa, todos los años es especial, pero éste yo creo que lo será aun más.

En ese momento le suena un mensaje de texto al hombre. Saca el teléfono y lo mira.

--Vaya, parece que mis nietos salen del conservatorio. Tengo que marcharme, ha sido un placer para este pobre viejo.

--Igualmente, mucha suerte.

El hombre se marcha, pero antes de desaparecer se vuelve.

--Perdón por la descortesía. Me llamo Nicolás Baras, por si quiere buscar el libro que escriba, le aseguro que su cita, la de que tendría a Sevilla de amante pero no de esposa saldrá. No deje nunca de aprender, ésa es la clave.

--Perfecto, Villanueva, me llamo Villanueva, perdone no haberme presentado yo tampoco, tendré en cuenta lo del libro, un placer.

Villanueva se apura de un trago lo que le queda de cerveza y deja el vaso en un saliente de una de los escaparates de la tienda de ropa.

Vuelve a la calle Tetuán, que está llena de gente. Sigue pensando y mirando manos. Mira todas las que puede. Baja hacia la plaza del Duque. La Comisaría está cerca. Entre mano y mano ve una librería. Decide entrar. Hay un chico con un chaleco de tela verde y una placa en la que se lee Teo.

--Perdona, estoy buscando algún libro de Nicolás Baras.

--Sí, debe haber algo, pero espere, que se lo miro en el ordenador.

El joven se acerca a un ordenador y comienza a teclear en silencio. Villanueva parece pensar en cualquier cosa. La búsqueda acaba rápido.

--Nos queda un solo ejemplar suyo. A ver si está. Le acompaño.

El empleado camina diligente hacia el final del local. Se para en la sección de Ensayo y busca entre los lomos con la mirada y el dedo índice.

--Aquí lo tiene.

Villanueva lo coge con las manos. Lo lee y palidece: el libro se llama *Muerte en Sevilla*.

VEINTISIETE

Es por la mañana. El día está despejado a pesar de que es temprano. Unos seis policías rodean un cuerpo extraño que pende de una viga en un patio.

--El cadáver lo encontró uno de los asistentes de uno de los modistas, de José Héctor.

Villanueva y Jiménez entran en una elegante casa-palacio del centro de Sevilla. Villanueva se queda parado y lee una placa en la que se dice que allí nació un famoso pintor. El agente de la policía científica que les va contando todo, les acompaña.

--No sé si usted estará más familiarizado con muertes violentas, pero le aseguro que por aquí, ésta es la peor que recordamos.

Villanueva anda deprisa. Jiménez sigue pensativo hasta que pregunta.

--José Héctor es el delgado alto, ¿no? ¿O el otro?, no los voy a diferenciar en mi vida... Joder, ¿aquí huele a limón o me lo parece a mí?

Los tres acaban saliendo a un típico patio sevillano pero abierto al cielo. Parece un claustro. Tiene un pozo en el centro. Lo cruzan varias vigas. En una de ellas hay colgado un cadáver que queda suspendido en el aire y se balancea haciendo un poco de ruido. Lo sostiene a la viga una tela de color granate que lo tiene atado por la cintura. Los brazos y las piernas caen. Parece una gran C bocabajo. Villanueva casi comienza a llorar. Varios policías lo están desatando siguiendo las órdenes del juez. El policía científico sigue.

--Se llamaba Nino Piriti. Tenía 33 años. Era un prometedor diseñador de moda. Se licenció en Saint Martins, una de las escuelas más prestigiosas del mundo de la moda y comenzó muy fuerte. Fue colaborador de Alexander McQueen y vistió a gente como Kylie Minogue. Sin embargo, parece que las cosas no le fueron siempre bien y decidió volver a Sevilla. Llevaba poco más de un año con una tienda propia cerca de La Campana.

--¿Cómo ha muerto?

--Aparte del evidente trozo triangular de regaña que le ha perforado uno de los pulmones, parece que ha muerto abrasado por dentro.

--¿Qué quiere decir?

--Alguien le obligó a tragar algo que lo quemó vivo por dentro, y por el olor que hay, no creo que haya muchas dudas de que ese producto fue Agerul.

--¿Agerul?

--Sí, es un quitagrasas muy potente que se fabrica aquí, en Sevilla. Fíjese si es bueno que echas un poquito en un papel de churros y te lo deja como un folio de El Galgo. Ahora, lo que debe ser tragárselo...

--Dios mío...

En ese momento el ambiente se rompe con un alarido y un llanto que sigue, absolutamente desconsolado. Todos se giran. José Héctor Gómez y José Esteban Velázquez, diseñadores sevillanos, entran llorando al verlo todo. Un agente sale a su encuentro y comienza a tranquilizarlos. Se acercan a la escena y observan el cadáver ya en el suelo.

--Pero, ¿qué ha pasado aquí? Por el amor hermoso, si mañana es Domingo de Ramos. ¿Qué ha pasado aquí...?

¿Quién puede ser tan malvado...? Y, coño... ¿Por qué huele a limpio?

Villanueva se acerca a ellos y les extiende la mano para saludarlos.

--Soy el inspector Villanueva. Este hombre ha sido intoxicado hasta la muerte con un producto de limpieza.

Los dos diseñadores miran el cuerpo y José Esteban añade.

--Agerul, ¿no?

--Efectivamente.

José Héctor se agacha para mirar de cerca el cadáver.

--Dios mío, es Nino, aquel chaval que acababa de llegar, ¿te acuerdas? El que había trabajado con McQueen.

--Ay, por Dios...

--¿Lo conocían?

--Bueno, tampoco mucho. Nos lo habíamos cruzado en un par de fiestas, la verdad es que tampoco era muy hablador. Acababa de llegar y parecía ir un poco de vuelta con eso de venir de Londres, imagínese, a nosotros que hemos desfilado ya en todo el mundo.

»--Madre mía, qué horror, tan joven, eso sí, era un poco estirado. Verá, lo normal cuando se llega a una ciudad como ésta, y más si tienes oportunidad, es pedir ayuda y consejo a gente que ya nos hemos abierto paso aquí. A él parecía que no le hacía falta. Vendía mucho para fuera, bueno, mucho... que vendía algo, que en estos tiempos ya es bastante, pero la verdad es que comenzaba a sonar aquí. Una duquesita le compró un par de vestidos, creo, la mujer de un torero de Córdoba otro y creo que alguna mujer de futbolista también anduvo por su tienda.

En ese momento José Héctor se fija en algo y aparta a varios agentes hacia el cadáver.

--Un momento, por favor, déjenme pasar...

Se agacha, coge la tela granate con la que el cuerpo

estaba atado a la viga y comienza a buscar algo dentro. Levanta la tela enseñando la etiqueta.

--Efectivamente, lo sabía, estas mangas tan malamente hechas sólo podían ser de una persona.

--¿De qué habla?

--Agente, creo que le acabo de dar una pista, este traje de flamenca con el que ha sido atado el cuerpo ha sido diseñado, o más bien perpetrado, por una persona en concreto: Susy Marín Mayoral.

VEINTIOCHO

Han pasado apenas quince minutos. Villanueva y Jiménez aparcan como pueden en un hotel, y caminan hacia el *showroom* de Susy Marín Mayoral.

--Si es diseñadora, supongo que tendrá un control de a quién vende qué trajes. No espero un descuido de nuestro hombre, nos ha demostrado que no es tan torpe, pero a lo mejor sí es un hilo del que tirar, por fin.

Nadie les espera. Hay cinco o seis personas dentro. Miran ropa y apuntan datos en papeles. Se giran al escuchar que Villanueva y Jiménez entran. Susy Marín Mayoral se les acerca con mala cara.

--Estamos cerrados, lo siento. Marcos, por favor, cierra la puerta para que no entre nadie.

Se vuelve a lo que estaba haciendo dándoles la espalda. Todo está desordenado. Hay ropa por todas partes.

--Soy el inspector Villanueva y éste es el agente Jiménez.

Susy Marín Mayoral se vuelve entonces, sorprendida.

--Anda, qué barbaridad, perdón. Vaya, ¿y cómo se han enterado del robo?, si todavía ni siquiera nos ha dado tiempo a llamar a la policía.

--¿Robo?

--Bueno, de hecho todavía no sabemos ni si se han llevado algo. Supongo que pensarían encontrarse dinero aquí en vez de trajes. Ya sabe, es el precio de ser una cara conocida, dentro y fuera de la moda. Marcos me ha dicho que ayer vio a dos hombres empujando un carro de esos con chatarra y entraron a preguntar si teníamos algo, algo sospechoso, ¿no? Uno por muy de Rumanía que sea sabe que en el taller de una modista no hay chatarra. Un momento, por favor.

En ese momento le suena el teléfono móvil.

--Hombre, el niño de las bicicletas... qué tal... Oye, ¿me puedes llamar en otro momento? Que ahora no puedo hablar que me pillas con un lío... ¿Todo bien, *canarinho*? Ea, pues yo que me alegro, ya te llamo en otro momento con más tiempo, gordito.

»--Disculpen, les decía que huele a los de la chatarra éstos, de momento nos hemos encontrado la puerta forzada, mucho revuelo, pero llevamos un rato de inventario y parece que no falta nada.

--¿Podría comprobar si le falta un traje color granate con el escote en V y la espalda descubierta?

--Sangre de Trabajadera.

--¿Perdón?

--Ese traje al que usted se refiere lo bauticé Sangre de Trabajadera en honor a un costalero que falleció en el Arco del Postigo hace unos años. Disculpen, otro momento por favor...

El teléfono le vuelve a sonar. Lo mira fastidiada.

--Javi, me pillas con la policía en el taller y todo... Sí, sí, todo está bien, nos han forzado la puerta pero parece que está todo, o casi todo, te llamo en otro momento, ¿vale, gordito? Vale... Adiós.

La diseñadora cuelga el teléfono y se gira a su ayudante.

--Marcos, ahora llama el defensa, tendrá cara... como si no hubiera pasado nada, y que digan que es maricón... en fin, por dónde íbamos, ah sí, chicos, ¿"Sangre de Trabajadera" está?

Sangre de trabajadora

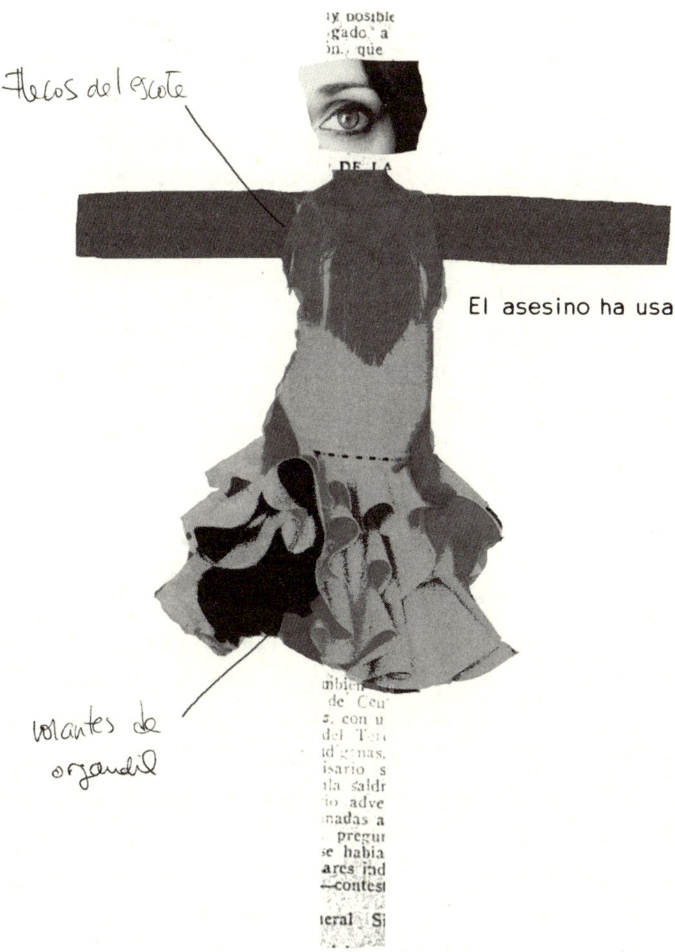

El asesino ha usado su traje.

VEINTIOCHO

Todos los colaboradores comprueban sus papeles y ninguno lo tiene.

--Hijo de puta el chorizo maricón. Era mi nueva colección. ¿No habrán sido éstos dos, no? Disculpe pero es que usted no sabe la envidia que me tienen los dos loros ésos con la de desfiles que llevan ya y que no me dejan vivir.

--Señorita Marín, me temo que hemos encontrado su traje en casa de esos diseñadores a los que creo que se refiere, pero también estoy prácticamente seguro de que no tiene nada que ver con ningún tipo de espionaje industrial. Le seré claro: han asesinado a Nino Piriti envenenándolo y parece que el asesino ha usado su traje para atarlo a una viga de la casa de sus amigos.

Susy Marín Mayoral abre la boca y directamente se desmaya. Villanueva es capaz de cogerla antes de que choque contra el suelo en un acto reflejo que Jiménez ni ha visto.

--Rápido, Jiménez. Llame a una ambulancia.

La ambulancia se lleva a la mujer. Villanueva y Jiménez miran cómo se cierra la puerta y se marcha. Afortunadamente el hospital está muy cerca.

--Jiménez, llame para que le pongan protección. No sé si la utilización del traje en la escena del crimen es un aviso para ella o un simbolismo más de nuestro asesino.

--Perfecto, pero con el diseñador van siete ataques; lo bueno, si se me permite, es que se supone que ya ha acabado. ¿Qué pasará ahora?

Suena el teléfono de Villanueva. Éste se separa para hablar. Está unos dos o tres minutos alejado. Vuelve a donde está Jiménez con la cara desencajada.

--No hable tan rápido, y vamos al coche lo antes que podamos, acaba de llegar una carta a la Comisaría. Parece que nuestro hombre tiene nuevos planes.

VEINTINUEVE

La nota sigue las características habituales. Letras recortadas y pegadas con pegamento de barra. Ninguna huella.

> SEVILLA. UNO POR CADA LETRA. UNO POR CADA REVUELTA. YA FALTA MENOS PARA QUE TODO SE CIERRE. NO SE PREOCUPEN, NO TENDRÁN QUE ESPERAR, LA MADRUGÁ YA ESTÁ AQUÍ.

El comisario no para de dar vueltas por su despacho. Villanueva y Jiménez están sentados mirando la carta. El comisario sigue caminando de un lado a otro del despacho hasta que por fin se detiene.

--Me dijeron que usted era el mejor, Villanueva. Me lo dijeron. ¿Sabe el trabajo que me costó desplazar a mis hombres de este caso y decirles que venía uno de Madrid a hacer el trabajo que ellos llevaban haciendo toda la vida?

--Imagino, comisario. Esto no está siendo fácil para nadie. Desgraciadamente, esclarecer un crimen no es algo matemático. Es más complicado.

--¿Algo más complicado? Le diré qué es algo complicado: dentro de una hora tengo que ir al Ayuntamiento a ver al alcalde y explicarle qué pasa. Tengo después una rueda de prensa delante de trescientos periodistas de aquí, de toda España y de todo el mundo, por el amor de Dios, me acaban de llamar de prensa para decirme que hay hasta medios ingleses y americanos acreditados. ¿Y por qué? Porque quieren que explique cuál es la razón por la que todos los que hacían algo moderno en esta ciudad, pintores, escultores, actores, músicos, están haciendo las maletas y se están yendo a vivir ¡a Huelva!, porque quieren que explique si me siento responsable de que los hoteles de la ciudad estén a 24 horas del Domingo de Ramos a un 15 por ciento de ocupación y, sobre todo, porque quieren saber si tenemos la más remota idea de qué trama ese hijo de puta al que no cogemos ni por equivocación.

--No es una cuestión ni de dinero, ni de imagen, ni de nada, comisario, el problema es que siete personas han perdido su vida.

--Me sudan la polla esos siete niños pijos a los que éste se ha follado. ¿Lo entiende? Yo ya tengo que mirar por mi propio culo. He avisado al ejército, se encargará de la seguridad del Jueves Santo. Las hermandades no han querido ni hablar de suspender este año la Semana Santa. Para un año que no llueve, me dicen... Estoy desbordado, respecto a usted, está fuera del caso. No hay billetes para volver ya porque el AVE está completo, así que tómeselo de vacaciones si quiere, pero no interfiera en ninguna investigación, se lo pido por favor. Volverá el viernes a su casa y muchas gracias por todo, o por nada.

Jiménez y Villanueva están de pie. Jiménez parece no saber qué decir. Villanueva asiente y se marcha. Antes de salir del despacho, el comisario habla.

--Ah, esto es muy violento, Villanueva, tanto para usted como para mí, se lo aseguro, pero deje aquí su pistola.

--No pienso dejar mi arma aquí, comisario.

--Es una petición de su Comisaría. Nada personal.

Villanueva deja el arma en el escritorio. Sale del despacho sin dar portazo.

TREINTA

Puerta de uno de los Cash María de la ciudad. Una furgoneta blanca está aparcada en carga y descarga. Tres hombres descargan cajas de cartón blancas, sin ningún tipo de indicador y las meten en el sótano de la tienda con total naturalidad. Abajo espera un hombre trajeado. Hay cientos de cajas apiladas.

--Éstas son las últimas.

--Perfecto. Todo como acordamos, ¿no?

--Desde luego. Llevamos varios meses comprando pequeñas cantidades en tiendas repartidas por toda la ciudad. Nadie puede sospechar nada y, por supuesto, nadie podrá tirar de ningún hilo una vez que pase todo. En la tienda en la que más hemos comprado han sido sólo cuatro litros.

--Eso es. Perfecto.

--Aunque no seamos líderes, para nosotros es muy importante participar en esto, que nuestros nombres queden relacionados con lo que va a pasar.

--Así será. Las grandes historias se escriben con pequeñas letras, todas fundamentales. Vuestra participación será recompensada, ya sabéis que la agrupación nunca os dejará de lado, subid arriba y preguntad por Jacinta. Que os den un paquetito de jamón y un morcón a cada uno, anda, que os lo habéis ganado.

--Muchas gracias, señor.

Los tres hombres suben la escalera y cierran la puerta

tras de sí. El hombre del traje observa los cientos de cajas de cartón blanco en el almacén. Se pasea tocando con la punta de los dedos algunas. Sigue caminando. Llega a una puerta de trastero. Saca una llave del bolsillo. La abre y da la luz. Dentro está Carlos, el humorista de los Gachones de Triana, el hermano desaparecido. Está amordazado y atado a una silla, sucio y con los ojos fuera de sí. Tiene puesta una camiseta del Sevilla con el nombre de Dragutinovic en la espalda. Está llena de suciedad y sangre, probablemente vómitos. Huele mal. Frente a la silla tiene puesto un partido de fútbol. El hombre de las cajas se le acerca.

--¿Cómo estás, ratita? Seguro que ya te estás acostumbrando a tu casita, ¿verdad? Quién te lo iba a decir a ti, tanto meterte con los tiesos y ahora mírate, viviendo entre basura, en un sótano oscuro, y todo por querer jodernos.

El humorista comienza a emitir gemidos a través de la mordaza. Parece que implora algo con la mirada.

--Vaya, parece que la ratita quiere decirnos algo, a ver, a ver con qué nos sorprende, que él es muy gracioso.

El hombre le quita la mordaza. Parece agotado. Mueve la mandíbula como desentumeciéndola. Y por fin habla.

--Vale que me tengáis secuestrado, vale que lleve más de 20 días comiendo sólo lo blanco del jamón, que parezco Samanta Villar, pero por favor, quítame ya el gol de Oliveira en el derbi, que me sangran los ojos.

El hombre abofetea al humorista que se cae con la silla y comienza a llorar absolutamente roto.

--Mira, hijo de puta, no te veo en situación de pedir nada. Nos ibas a traicionar y todo se habría ido a tomar por culo por un culo gordo como tú. A mí el fútbol me suda la polla porque yo soy más de solemnes besamanos, pero ya sabes quién ha pedido que eso sea así, y a Manolo no lo hace cambiar de opinión nadie. Ya sabes que lo que dice un miembro va a misa, mucho más si es para castigar una traición como la tuya.

El humorista no para de llorar.

--Sé que vais a acabar conmigo. Lo sé. Voy a perder la cabeza, cabrón. Sé que si no viene alguien y soluciona todo esto no volveré a ver a mi familia. Sólo quiero que les digas que su padre y marido se equivocó, pero que nunca las olvidó. Y por favor, te lo pido por favor, una cosa solo.

--¿Qué quieres?

--Habla con Manolo, pídele por el Gran Poder que me deje ver una sola vez, aunque sea una vez solo antes de que acabéis conmigo... la final de Eindhoven.

El hombre le vuelve a colocar la mordaza con desprecio. Lo levanta con la silla y lo vuelve a colocar frente a la tele. Aún más cerca, Oliveira vuelve a pegarle desde la frontal. Otra vez no llega Palop. Detrás de la mordaza el humorista ríe histérico con los ojos inyectados en sangre y comienza a cantar el gol entre risas y lágrimas.

TREINTA Y UNO

La habitación del hotel de Villanueva está repleta de papeles. Jueves Santo por la tarde.

Villanueva tiene la maleta hecha. Hay un billete de AVE encima de la mesilla de noche para mañana. Está en el escritorio. Mira una y otra vez las fotos de las víctimas. Lee y relee el libro *Muerte en Sevilla*. Comienza a ordenar sus ideas en voz alta.

--Maldita sea, vamos a ver, el libro habla de la muerte de un pintor extranjero, pero aparte del título, no hay ninguna otra similitud. Por mucho que mire en los detalles como dijo aquel periodista en aquel bar. "Dale una vuelta, dale una vuelta", me decía.

Villanueva se asoma al gran ventanal del hotel. Hay lanchas de la armada patrullando el Guadalquivir. Puede ver a integrantes de la UME, la Unidad Militar de Emergencias, revisando una y otra vez los bajos de cada uno de los puentes. Varios helicópteros iluminan con haces de luz la ciudad. Desde su ventana puede ver destellos de sirenas que van y vienen y que no dejan de sonar. Villanueva corre la cortina de un golpe. Es tarde, pero sigue pensando.

Pasan las horas. Suena el móvil. Es un mensaje de texto de Jiménez.

> No sé si le importará mucho ahora, pero ha sido un placer trabajar con usted. Mucha suerte a partir

de ahora. Quédese con el tocadiscos de recuerdo, ya me inventaré yo algo en la Comisaría para justificar la pérdida.

A Villanueva le cambia la cara. Se le ilumina. Tira el teléfono a la cama. Va corriendo hacia una montaña de papeles. Los aparta de un manotazo. Todo cae al suelo. Debajo de todos está el tocadiscos. Busca en otro rincón de la habitación. Encuentra el disco de José Manuel Poto.

Lo abre y lo mira. La primera canción se llama *Cuando vuelvas a casa*. Comienza con el cantante diciendo "Ole esa gente, lo primero que voy a decir es Viva Sevilla, vivan los amigotes". Villanueva comienza a leer todas las letras mientras escucha. Copia en un cuaderno. Tacha vocales. Une palabras con frenesí pero no encuentra nada. Pasan las horas. Se echa las manos a la cara. Es casi la una de la mañana. Está fuera de sí. Comienza a hablar para él mismo en voz alta.

--Tiene que estar aquí. Tiene que estar aquí, lo sé, coño, tiene que estar aquí.

Sus gritos se solapan con los versos del disco: "Y cuando vuelva / y a casa en primavera / volveré a los pocos años / recorriendo sus plazuelas / y volveré al calor de un cotarro / y a vivir un Jueves Santo". Villanueva salta sobre el vinilo. Sigue hablando en voz alta.

--"Dale una vuelta..." "Dale una vuelta..."

Gira el disco para escuchar esa parte otra vez. Al girar el disco al contrario, oye algo, un pareado extraño. En ese momento Villanueva se ilumina y reproduce el disco al contrario, como si fuera uno de Led Zeppelin y buscara la voz del demonio. Lo que encuentra es la voz del cantante, pero en una rima siniestra que se oye con increíble nitidez.

Dale una vuelta, dale una vuelta...

TREINTA Y UNO

--Morirán inocentes, el jueves más que ayer, pero no será culpa nuestra, será de Jürgen Mayer.

Repite la operación. Y otra vez. Parece que quiere estar seguro. Lo apunta en su cuaderno. Villanueva parece seguro pero lo comprueba en su iPad.

Sí, está en lo cierto: Jürgen Mayer es el arquitecto de las Setas de la plaza de la Encarnación.

TREINTA Y DOS

Villanueva va a toda velocidad por el pasillo del hotel. Llega a la recepción y pide un taxi.

--¿Adónde quiere ir, señor?

--¡A las Setas!

--Me temo que ahora mismo, en plena madrugada, por muy poco multitudinaria que sea ésta, tardará menos usted en ir caminando, el taxi no puede entrar, le indico el camino en un mapa.

Villanueva sale corriendo sin esperar al mapa. Gira a la derecha y cruza el puente de Triana. Ve gente. Todo el mundo tiene miedo. Parece fuera de sí. Va pensando en voz alta.

--Vamos, vamos, vamos, ya sé el día y el sitio, lo único que no sé es el cuándo, pero si todo el mundo está tranquilo es que aún es *todavía*, no hay sitio para el *ya no*, para el *tardaste demasiado*, no hay sitio para el *irreversible*.

Villanueva esquiva patrullas de la Policía Nacional. Camiones del ejército. Hay controles en cada cruce de la ciudad. Atraviesa el puente. Sigue hasta calle Sierpes. Pasa cerca de Blanco Cerrillo, el bar en el que comió adobo y habló con aquel periodista.

--"Fíjate en los detalles." "Dale una vuelta." ¡Aquel hombre me dio la clave!

Por fin llega a las Setas. Se para justo delante. Las mira. Vuelve a correr. Hay varias entradas, pero busca una en concreto: la de mercancías. Encuentra una especie de túnel que baja y lleva hasta la puerta. Está cerrada sin llave. Entra en un inmenso almacén vacío. Cierra la puerta intentando no hacer ruido. Jadea. Anda. Observa, y de una puerta a unos doscientos metros sale una sombra inmensa. Está vestida de nazareno. De negro. Se quita el antifaz y enseña un rostro ancho. Es él. Por fin le ve. Tiene nariz aguileña. La raíz del pelo retrasada. Tiene rizos en la nuca. Se cruje las manos. Son inmensas. Está descalzo.

--Vaya, al final desentrañó el misterio del disco. Fue un riesgo, pero nos pareció divertido parodiar a todos esos satánicos de mojones. Me presento, me llamo Juan, Juan Arrima.

Villanueva comienza a acercarse.

--¿Qué va a pasar aquí?

--Vaya, parece que no le van los formalismos, vayamos al grano entonces. ¿Ve esta llave? Es la única que abre esta puerta que hay a mi espalda.

El nazareno se agacha. Choca la llave contra algo metálico y deja caer la llave dentro.

--¿Y ve esta alcantarilla? Pues se acaba de llevar la única posibilidad, por remota que fuera, de que usted evitara lo que tiene que suceder.

--Hijo de puta, ¿qué has tramado?

--Puede verlo usted mismo, inspector. Hay una pequeña ventana en la puerta.

El inmenso nazareno se aparta. Se aleja del sitio. Sabe jugar con las distancias. Villanueva se acerca y mira por la ventana, una especie de ojo de pez como de puerta de camarote de barco.

--Ahí dentro está nuestro ex amigo el humorista, seguro que lo conoce, el del taco y esas cosas tan graciosas. Le hemos puesto un partido de fútbol, para que se entretenga. Concretamente la final de la UEFA de la temporada 2005/2006: Sevilla-Middlebrough. Sí, sí, la de Eindhoven. ¿Ve todas esas latas que hay alrededor? Se preguntará qué son, pues yo se lo explico. Son 700 latas de Azotal que hemos vaciado en ese depósito que ve y al que está atado nuestro humorista, o lo que queda de él. El Azotal, querido amigo, es un disolvente tremendamente potente que se fabrica aquí en Sevilla. De la tierra. Pocos saben que si se mezcla con pólvora y alcohol se convierte en una de las sustancias más explosivas y destructoras que existen. Última pregunta, ¿sabe de dónde se saca la pólvora? No se preocupe, ya le respondo yo, de la naranja, la inventaron los chinos, que antes de poner supermercados ya se comían el talento. Pues lo que hay encima del depósito de Azotal es otro contenedor, algo más pequeño, pero lleno de vino de naranja del bar de Álvaro Perejil. Nuestro amigo el humorista tiene unas cuerdas atadas a las muñecas, en el momento en el que suba los brazos para celebrar un gol, y le aseguro que lo hará, el vino cae en el Azotal, se mezclan, reacciona y... ¡PUM! Se lo acabo de poner y, si no recuerdo mal, Luis Fabiano marcó en el 29, yo de usted me iría ahora que puede, le aseguro que lo va a celebrar con ganas.

Villanueva se abalanza sobre el nazareno. Comienzan los golpes. Son manos grandes, que aprietan. La pelea sigue. Caen al suelo. Los golpes se suceden de manera confusa, Villanueva golpea la cabeza del nazareno contra el irregular suelo del almacén. El nazareno se recompone. Lanza sus manos y coge el cuello de Villanueva. Logra darle un giro a la pelea y ponerse encima del inspector. Comienza a apretar el cuello. Cada vez más. Villanueva va debilitándose. Su cuerpo pierde rigor y está a punto de ceder. Entonces suena un disparo. Las manos que aprietan, aflojan, y el inmenso cuerpo de nazareno se desploma. Villanueva abre los ojos hasta su límite y aun más la boca. Apenas puede respirar. Intenta coger aire. Se echa una mano al cuello y levanta la cabeza, ve a Jiménez aún empuñando el arma a unos diez metros. Le mira y sonríe.

--Villanueva, sabía que lo conseguiría... Le he seguido porque lo sabía, y al final he tenido que salvarle el culo, como en la fábrica de Cruzcampo.

Villanueva sonríe, intenta recomponerse. Con apenas un hilo de voz y entre toses responde:

--Sí, esta vez ha sido incluso mejor, Jiménez, esta vez ha sido incluso mejor.

Villanueva se levanta. Jiménez y él miran dentro de la habitación. El humorista de Triana está fuera de sí. Se le cae la baba. Está delgado. Tiene mal color de cara y no deja de mirar la pantalla ansioso. El Sevilla ataca con todo al conjunto inglés.

--Rápido, dispare al candado. Esperemos que no se asuste y se lleve las manos a la cabeza.

--Prefiero no hacer ruido ni chispas con todo lo que hay ahí metido Villanueva, llámeme mijita.

Jiménez saca unas tijeras y un destornillador y abre el candado. Villanueva lo mira sorprendido.

--Soy del Polígono, jefe.

Abren la puerta. El humorista los mira sin verlos. Villanueva y Jiménez entran con mucho cuidado. El depósito de disolvente es mucho más grande de lo que parecía desde fuera y el de vino de naranja está suspendido sin apenas sujeción. Villanueva y Jiménez lo miran.

--Cualquier movimiento podría verter el vino, tenga cuidado, Jiménez, por Dios, a ver si va a cagarla al final.

Villanueva se acerca lentamente a la silla.

--Amigo, tranquilo, amigo, estamos aquí para ayudarte.

--Sentaos, ahora trae mi mujer unos platos de jamón

Vamos, Daniel, sube ahí, coño.

TREINTA Y DOS

en condiciones, coged una silla hombre, que es la final de la UEFA y podemos ser campeones, traedme un botellín fresquito ya que estáis de pie.

Villanueva está a un par de metros. Semiflexionado. Tiene los brazos estirados. Gesticula con las manos suavemente.

--Tranquilo, ese partido ya se ha jugado, es de hace años, es muy importante que no levantes los brazos.

--¿Qué decís? Vosotros sois del Betis, seguro, cabrones, no os acerquéis que me cago en los muertos de Oliveira ya y de su puta madre... Vamos, Daniel, sube ahí coño, sube, cómo ha mejorado este jugador, cuando llegó era una cabra...

--Eso es, di que sí, qué bueno es Daniel, pero una cosa..., ¿en qué minuto va el partido?

--Yo qué sé, ahí lo pone, pero da igual porque... ¡Este partido, lo vamos a ganar! ¡Este partido, lo vamos a ganar!

El humorista mueve levemente las manos acompañando sus vítores. Villanueva y Jiménez miran cómo se mueven los cables. El depósito de arriba se balancea. El líquido se queda al borde.

--Sí, sí, claro que lo vamos a ganar, seguro, pero es importante que me digas en qué minuto va el partido.

--Niño, qué pesado eres con el minutito, haz el favor de traerme un botellín y unos chicharrones, aunque sea para empapar... A ver, que veo menos que un gato metido en lejía, el minuto es el... el 27, ¿contento? Trae ese botellín ya.

Villanueva y Jiménez se miran. Intentan acercarse pero no hay manera.

--Si no traéis botellín, aquí no se acerca ni Dios, que vosotros sois béticos y me vais a cambiar el fútbol para poner el Sálvame ese, que os lo ha dicho mi mujer, que como os vea cerca pego un tirón de la cuerda ésta de la cisterna que tanto miedo os da. Venga, a por el botellín. ¡Ar!

En la televisión el partido sigue. Manolo Ladrón de Guevara lo narra.

Minuto 28. Ataca el Sevilla. El balón por la banda...

--Vamos Daniel, vamos, ponla niño, pónsela a Luisfa.

Jiménez mira con miedo a Villanueva y le toca el hombro.

--Villanueva, ésta es la jugada del gol.

Villanueva mira al humorista. Parece estar en otra parte. No oye a nada. No hay nada que pueda hacer que aparte la vista de ese hombre del televisor. El balón de Daniel vuela desde la banda. Va a llegar a la cabeza de Luis Fabiano. El humorista está con la tensión contenida. Los puños los tiene abajo. Emite un ruido sostenido, algo como "Uuuuuuuuh". De repente, Jiménez le grita con todas sus fuerzas:

--¡COMPADRE!

No consigue que despegue los ojos de la pantalla. Remata Luis Fabiano y antes de que el balón llegue a la portería, Jiménez grita aún más fuerte.

--¡¡COMPADRE!! ¡¡HAN METIDO A TU PRESIDENTE EN LA CÁRCEL POR ARREGLARLE MAL LOS PAPELES A LA TONADILLERA EN MARBELLA!!

El humorista se gira. No oye nada. No ve el gol. No ve a Luis Fabiano corriendo y abrazándose con sus compañeros. No escucha la celebración de la televisión. Con la camiseta del Sevilla se derrumba en la silla, agacha la cabeza y la hunde en sus manos.

--Pues para mí siempre será el mejor presidente de la historia.

Villanueva se acerca rápidamente. Le sujeta las manos.

--Tranquilo, hombre, no se ponga así. Si no es sentencia en firme.

Le desata los cables y lo levanta.

--Ya, si además en el Sevilla nadie es imprescindible...

--Vamos. Ahora tienes que descansar. Todo ha terminado.

TREINTA Y TRES

Sala de prensa de la Comisaría de Sevilla. El comisario habla a través de una sonrisa con su mejor traje planchado.

--Desde luego nos hemos enfrentado a uno de los criminales más despiadados e inteligentes que hemos conocido. Se llamaba Juan Arrima y tenía 32 años. Hasta el momento no sabemos cuál era su oficio actual, antes había estado vinculado al mundo de la comunicación. Lo que sí podemos asegurar es que había en marcha una operación conjunta de los mejores cuerpos de policía del mundo habida cuenta de que corría peligro la Semana Santa sevillana y que ha sido uno de nuestros equipos, el responsable de su solución.

Los periodistas apuntan cosas en cuadernos y cuchichean unos con otros. Los técnicos tienen las cámaras en los trípodes y charlan y ríen entre ellos sin prestar atención a lo que dice el comisario.

--Para el Programa de Malvarosa, ¿podría confirmarnos si el asesino de la regañá era diputado de tramo en la Esperanza de Triana?

--No podemos darles más datos que los que les hemos dado.

--En directo para Tiene Arreglo, de Toñi Moreno. Comisario, ¿se sabe si era miembro de alguna hermandad de Semana Santa?

--De momento ya le digo que no podemos dar más información que la que hemos dado.

--En directo para Las Mañanas de Cuatro, de Marta Fernández. ¿Es cierto que era un fanático religioso que además era nazareno...?

Villanueva y Jiménez miran desde el final de la sala de prensa.

--¿Por qué siempre preguntan lo mismo?

--No lo sé, Jiménez, llevo 20 años resolviendo cosas y ésa aún no la he entendido.

Salen de la sala. Llegan a los vestuarios. Villanueva coge su *trolley* gris. Salen a la calle y Villanueva mira el reloj.

--Mi taxi debe de estar al llegar. Ha sido un placer, Jiménez, espero que volvamos a vernos, tiene un nuevo amigo.

--Lo mismo le digo, si quiere volver algún año a la Semana Santa... Supongo que por mucho que llueva ya, peor que la de este año no la va a tener.

--Créame que ya me quedé satisfecho de Semana Santa.

--Bueno, pues a la Feria, que está a la vuelta de la esquina. Me da a mí que este año en la Feria se va a liar.

--¿Cómo dice?

--Pues que al final, con esta Semana Santa tan rara que hemos tenido, muchos se habrán quedado con las ganas de jarana, así que este año seguro que se coge la Feria con más ganas. Si quiere, está invitado a mi caseta.

--Me lo pensaré, muchas gracias, amigo. Aquí está mi taxi. Nos veremos.

--Cuente con ello.

El taxi se marcha con tranquilidad calle abajo. Dobla una esquina y desaparece.

TREINTA Y CUATRO

Desde fuera, el horno de famosas tortas de aceite, en Castilleja de la Cuesta, parece cerrado y a oscuras. Son las cuatro de la mañana. Es martes. Llega un coche, un Audi A8 azul oscuro. De él se baja un hombre. Viste elegante. Lleva una gabardina fina que parece cara, con los cuellos levantados. Apenas se le ve el rostro. No hay absolutamente nadie en la calle. Llama siete veces con los nudillos a la puerta y dice en voz baja cerca de la puerta: "Pringá de la Algaba". La puerta se abre despacio y el hombre entra.

--Llegas tarde.

--Lo siento.

Alguien con capucha acompaña al recién llegado por el horno vacío. Aparta una mesa y abre una trampilla en el suelo. Hay una escalera por la que los dos bajan. Llegan a una capilla secreta en la que hay unas quince personas alrededor de una. Todas visten túnicas de penitentes con un extraño escudo en el antifaz. Miran a los que acaban de llegar. El último se disculpa, se quita el abrigo, los zapatos y se pone una túnica. Se incorpora al círculo. No quedan huecos. Una de las personas parece el jefe. Comienza a hablarle a la persona del centro.

--Entendemos que te haces cargo del especial momento que atraviesa nuestra orden. Quizá el más delicado de toda su historia pero, sin duda, uno de los más apasionantes. El hermano Juan dejó la obra inconclusa pero mucho camino recorrido. Sabemos que el listón está alto, pero también que es usted el candidato ideal para continuar su obra... comisario.

Al hombre que habla no se le distingue. Sólo unos cirios morados iluminan la capilla secreta. Grita.

--¡Traed la comunión! --grita el sacerdote mayor.

Dos de los encapuchados salen del círculo. Van a una mesa y traen una bandeja de la que van cogiendo todos algo: son aceitunas gordales. El hombre del centro coge la última. Todos se las comen. Vuelven a pasar la bandeja y dejan los huesos, apurados al máximo. El último que deja el suyo es el que parece sacerdote mayor.

--Ya eres un miembro más de *Serva la Bari*, es hora de que conozcas a tus hermanos de dolor.

Todos los miembros de la reunión comienzan a quitarse los antifaces y a presentarse.

Todos están destapados y se miran unos a otros. Todos, menos el líder. Parece que nadie conoce su identidad.

--Yo, como hermano mayor de *Serva la Bari*, le doy la bienvenida hermano, nos vendrán muy bien sus conocimientos en armas y su reciente jubilación. Estamos seguros de que esta Feria será movidita, de momento ya tienes un encargo.

Da dos palmas y otros dos encapuchados traen en una silla de ruedas al periodista Burguillos amordazado y esposado.

El comisario mira desde el centro y sonríe.

--Lo entiendo perfectamente, hermano mayor, le aseguro que esta Feria será movidita.

PRÓLOGO

No podían quedarse fuera de este libro los mejores *tweets* de la cuenta de @RancioSevillano.

Están igual que los escribieron sus autores.

Gracias a todos por llenar con vuestro ingenio días en los que la cosa está tan mala. Espero que os haga ilusión encontraros aquí.

Reírse es gratis. Eso que no nos lo quiten.

@Ranciosevillano: Yo es que veo los aros olímpicos y estoy viendo el puente de Triana.

@Ranciosevillano: He cumplido un mes con mi novia y le he comprado un peluche en el Toys'r'us de Los Arcos.

@hermanisisimo: En vez de la bandera, Gasol deberían haber sacao la cruz de guía del cachorro.

@Ranciosevillano: En nuestras olimpiadas en vez de a McCartney cuando se encendiera el pebetero tendríamos al Mani cantando "Candela, candela".

@Ranciosevillano: I love Serrín floor.

@mundozurdo: beduinos de la cabalgata de Triana desfilando en Los Juegos Olímpicos con Barhrein.

@Ranciosevillano: Piercing significa zarcillo. No me liéis.

@Ranciosevillano: No es que esté tieso es que he pedido palodú de marca blanca.

@Ranciosevillano: Ojú con los recortes. Me han preguntado en el Moderniste que qué *whisky* quería y le he dicho que el genérico.

@Ranciosevillano: A vuestra madre la pobrecita le decís que os pase más el pez de espada y luego vais al japonés a comer pescado crudo. Venga ya.

@_davidflores_: La antorcha olímpica es perdida de vista en la botellona de portada de la feria. Los municipales no se enteran de ná.

@juanmidelpino: Decir niki (jersey), braslis (calzoncillo), tenis (botines), perikitos (dibujitos) y pa mí el mejor "calesitas" a los *cacarritos*.

@asaladoc: Helao de pinchito del Salomón o muerte.

@Beccary10: Estoy en Gelves. ¿Esto es Huelva ya?

@Ranciosevillano: Sevilla es el abrazo de Silvio y Paco Gandía.

@Ranciosevillano: Me han dicho en la farmacia que hay condones con sabores y he pedido de palometa con roque.

@Paz_Quintero: Me llega el newsletter de Almacenes Pérez Cuadrado de José Gestoso.

@Ranciosevillano: ¡Modernos! Quedaros con la cocaína y dejadnos las coquinas.

@Ranciosevillano: Para qué quiero marihuana si tengo incienso.

@Ranciosevillano: Hay tías en el Kabuki que no es que vayan maquilladas es que parecen un rasca y gana.

@mundozurdo: Se confirma que Zoido y Kim Il-- Sung son la misma persona.

@Ranciosevillano: Elvis no está muerto vive en Salteras.

@Ranciosevillano: Bjork cantando saetas.

@binban6: Ir de Erasmus a la Universidad de la Manzanilla, en Sanlúcar de Barrameda.

@josepedazochava: Ir de Erasmus a Chipiona.

@Ranciosevillano: Si Paquirrín llega a probar de chico con el Betis en vez de con el Madrid el Villamarín es hoy un Sola Ricca.

@svqcity: Si los Beckham llamaron Brooklyn a su hijo, mi niña se va a llamar Sevilla Este.

@ReyesFPalacios: Yo le voy a poner a mi hija Puerta Carmona, es mu sevillano.

@pablo_mtnez: Para cuándo la aplicación shazam-cofrade?

@labambola: Mi padre decía "argofifa" en vez de fregona. Supera eso.

@RsalasJ88: #HayUnLugarEspecialEnElinfiernoPara el que vista un DRamos traje de chaqueta Blanco.

@Ranciosevillano: En Sevilla I+D+I es relanzar Tres sietes.

@Ranciosevillano: Cruzcampo es homeopatía.

@fercaballero6: Mira si tiene cabeza que se pela en dos veces.

@abervaz: Si fuera un garbanzo, habría que echarlo en remojo en la esclusa.

@lolons84: Si tu cabeza fuera de cera, los nazarenos tendrían que salir con linternas.

@Old_Red_Lion: Si fuera gorrión, tenía que entrá en er nio de culo...

@ASiguenD: Si fueras cerillo tendría que encenderte en la recta de los Palacios.

@bramer23: Tiene tanta cabeza, que si fuera el rey, las monedas tendrían asas.

@poesiabasica: Más cabeza que reflejao en una bola del árbol de navidá.

@Carlosconqueso: Tu madre, de chico te peinaba con un rastrillo para acabar antes..

@Alvaro_CH1: Si la cabeza fuera un trompo no había cuerda pa liarlo! Oleee miarma! Jajaja!

@RuntimeExceptio: En vez de piojos tiene dibosaurios.

@davidjguru: Con esa cabeza, si fuera jilguero tendría que cantar en un quiosco de prensa.

@jjcadi: Si fueras costalero necesitarías uno de los toldos de la calle Tetuán pa hacerte el costal.

@fede_clavijo: Si tu cabeza fuera un tomate habría que echarle la sal con una avioneta.

@andrelorendon: Cómo es la cabeza que pa encontrar a los piojos llamaron al equipo A?

@JaviPalacios86: Si la cabeza fuera una tostá habría que echarle el aceite con periquitos.

@Ranciosevillano: Tiene cabeza para llevar todas las cuentas de El Corte Inglés.

@Ranciosevillano: Musiquito fue seise.

@Ranciosevillano: Han descubierto que una de las placas más antiguas del tesoro del Carambolo es una separata del primer capítulo de Arrayán.

@Guadairo: En Sevillaeste hay una calle que se llama Shandy.

@Ranciosevillano: Triana pide oficialmente el rescate a Los Remedios.

@Ranciosevillano: Jonsi cantando "Tú tiene perro, tú tiene perro ni na" en la caseta del Lipassam.

@Guadairo: Sevilla es la única ciudad en el mundo que le pone a una avenida el nombre de una cerveza.

@josesur: El Antique es la marca blanca de HMYV.

@mario_balbontin: Porque lo llaman Sevilla Este cuando quieren decir Córdoba Oeste?...

@Arsa_quillo: yo cuando salgo de la S-30 me santiguo...

@jjcuellarruiz: No es bajito. Es que está lejos.

@Ranciosevillano ¿La dieta Dukan que dice del lomo en manteca?

@CurroGee: Tú no has probao los molletes de Olivares

con carne mechá... con eso tienes para sobrevivir sin comer nada 1 semana en Irak.

@obdriftwood: Antequera está en Málaga, pero el mollete sólo circunstancialmente.

@cuch_illo: La zurrapa de lomo es antidepresiva.

@Ranciosevillano: Me he comprado una camisa con tantos botones en el cuello que me están saliendo rozaduras detrás de las orejas.

@Ranciosevillano: Me acabo de enterar de que en otras partes del planeta ahora es invierno, ¿alguien sabe en qué país es mañana Domingo de Ramos?

@asaladoc: He perdido mi iPad en el pasillo del baño de la Taberna el Perejil de Mateos Gagos. Por favor RT.

@mario_balbontin: Acabo de ver a una niña más bonita que un llamador "tachao".

@Ranciosevillano: Para las langostas no hay crisis. Las de La Dorada están nadando a espaldas en la pecera sin gomas y riéndose de la gente.

@Ranciosevillano: El próximo Bread&Butter podría celebrarse en Coripe.

@CeciliaMCano: Triste porque no he encontrado un greatest hits de Björk por bulerias. Debe estar descatalogado.

@Ranciosevillano: No es que haga calor, es que están sacando a los niños de Piscina Sevilla con espumadera.

@Ranciosevillano: En Marinaleda se tienen que vender pocas mantillas, ¿no?

@Ranciosevillano: Siempre Así van a versionar por rumbitas la melodía del afilador.

@Ranciosevillano: Cualquier camarero de los arquitos de la Pañoleta es capaz de hacer con una tiza el doble de operaciones matemáticas que un procesador Intel.

@hipstericaXXIII: ¿Qué es más difícil: encontrarse con alguien en Chipiona, o en la portada?

@rociorosido: Rancio es comer un mostachón y rebañar lo quemaíto que se queda en el cartoncito.

@Ranciosevillano: Me han ofrecido "hierba" un nota por la calle y creí que me iba a vender berzas. Vaya corte.

@Arsa_quillo: He comprado un paquete de 7 días, todo Incluido, Matalascañas: 650€, tasas de autobús incluidas. Era eso o "Hawai".

@Ranciosevillano: De aquí a 3 años los pasos serán patrocinados. Ya veréis yendo a ver a las 7 en Laraña al Señor de Emasesa o a N. Señora de El Corte Inglés.

@FranGamDom: Empezaremos con Polvillo en antifaces de Los Panaderos.

@ChariMedina1: Lanjarón para la Sed, Fontvella para Las Aguas.

@ManuelGcia_Toro: El teléfono de la esperanza patrocina al cristo del desamparo y abandono.

@Sr_Cofradias: Arnidol y trombocid para las Tres Caidas. Friskies para el Cachorro.

@Sr_Cofradias: Mango y Zara para Jesus despojado de sus vestiduras.

@dolca: Los cuadernillos Rubio patrocinarían "La O" con total seguridad.

@cogeloahi: Veterinaria la herradura pa los caballos!!!

@salesmartin: La cruzcampo patrocinará la sed. Segurisimo!!!!

@Ranciosevillano: Era una mujer tan fea tan fea tan fea... que era coja y la llamaban la fea.

@Gazpaman: Mi nombre de calle referido es General

POLAVIEJA. Cada vez que paso y lo leo es un "UIIII, casi"

@Ranciosevillano: Ya nadie vende jilgueros ni postales.

@Ranciosevillano: Lo más moderno que he hecho en mi vida ha sido pronunciar la C de SanCti Petri.

@Ranciosevillano: Está la cosa mala. Se está muriendo gente que no se había muerto NUNCA.

@Ranciosevillano: En el C2 un modernito empuja sin querer a una abuela. Esta dice: "Niño cuidao que voy a tener que salir con Betadine en el bolso!" (Verídico).

@Ranciosevillano: El botellín de Cruzcampo es la unidad métrica de la risa.

@Ranciosevillano: A mi equipo de futbito le pusimos "jornada de descanso". La gente veía DrinkTeam-Jornada de Descanso y ganábamos porque no venían (Verídico).

@Ranciosevillano: A ti te gusta lo estrafalario. A mí el escapulario.

@Ranciosevillano: Tú te vas al FIB. Yo voy de capea.

@Ranciosevillano: Habla tan poco que si fuera un personaje de comic en vez de bocadillos iba a tener montaitos.

@Ranciosevillano: Se empieza diciendo Carrefour en vez de Continente y se acaba yendo a ver al Great Power.

@jaimeabeja: En vez de responder con "¿ein?" o "¿cuálo?" habría que decir más eso de "¿la mujer de quién?" cuando no entiendes algo.

@Ranciosevillano: Si el Betis hubiera fichado a Messi de chico el contrato se habría firmado en un papel de estraza.

@Ranciosevillano: Abres menos que el John Fulton estudio.

@Ranciosevillano: Ojo que yo sé lo que es trabajar que lo he visto.

@xvenir4ever: Nada como pedir por reyes un Balón de Reglamento. Ojo al dato Balón de Reglamento.

@hermanisisimo: Eso ha sío arta, no vale rajá, ar negro no lo quiero porque es un chupón, y otras frases de futbol de barrio.

@jtumblepop: RT a @Ranciosevillano Me quedo pa to mis compañeros y pa mí primero lo de "apuñalar con una regañá". Dará que hablar!

@Ranciosevillano: Cómo me fastidia que Valencia tenga un filtro de Instagram y Valencina de la Concepción no.

@Ranciosevillano: ¿Flash? ¿Flag? ¿Flax? ¿Polo-flash? ¿Flá? ¿Flan? ¿Flas? ¿Flac? Un Kelia, vamos.

@Ranciosevillano: Sevilla en inglés se dice Arriqui-Town.

@jjcadi: Puedo tirar ya el garbanzo entre algodones del Danone?

@yo_soy_el: ¿Tieso? La mojama al lado mía es crema nívea!

@Ranciosevillano: Envuelvo los bocatas de filetes empanados calentitos en papel del ABC. Como es el más conservador...

@Ranciosevillano: Si está mala la cosa que vengo de echarle suela a los náuticos.

@JP_Rojo_: La sagrada familia de Barcelona que es, una iglesia o una escuela taller?

@LuisMarquezP: Hay @rancioislandes? Pepeson el muerto? Siempregur asiRos? La Bjork de la Puebla? Miarmotir!

@obdriftwood: Pues yo he visto a alguien freírse el

pájaro del azulejo del cristo de burgos para merendar.

@Ranciosevillano: Si lo del #CodiceCalixtino pasa en Sevilla nace un grupo de capillitas paramilitares y aparece en media hora.

@Ranciosevillano: Más que de mechas yo soy de carne mechá. #sevillahoy.

@SantiAlonso9: Dos amigos que van por la calle y se despiden: --Adios Bizco!!! + Adios Chavales!!!

@Ranciosevillano: Si en Sevilla pides "unas situnas" es gratis. "Una tapa de olivas por favor" son 2 pavos.

@Ranciosevillano: F5 is not a choice. Stay Rancio!

@Ranciosevillano: En la lista de espera para caseta de feria le llegó el turno ayer a Aníbal González.

@Ranciosevillano: Hay un jeque que quiere comprar La Mortaja. Ha prometido a Jean Michel Jarre de muñidor.

@Ranciosevillano: El puente de Triana es el paso fronterizo más bello del mundo.

@Ranciosevillano: En la primera cita irte a comerte una tarta vegetal del Patio San Eloy y creerte sexy aún.

@Ranciosevillano: Eau de Zotal.

@Ranciosevillano: Gotelé is old school.

@capria Más caliente que Robocop en Écija.

@marianodiazsan: Matémonos a cerveza.

@Ranciosevillano: El médico me ha preguntado que cuántas veces al día bebo fino. Y a mí me ha salido responder "A veces, muchas veces, más de cuatro veces".

@Ranciosevillano: ¿Clima? En Sevilla hay solo dos estaciones: la de la calor y la de Santa Justa.

@saraarguijo: Hoy mi #FF es para @Ranciosevillano aunque lo que realmente se merece es la Medalla de la Ciudad.

@Madreimperfecta: Que triste es ser guiri, ¿Verdad?

@Ranciosevillano: Un gótico es como el muñidor de La Mortaja pero con flequillo en vez de patillas. ¿No?

@Ranciosevillano: Poker en Las Vegas no. Siete y media en un zaguán.

@Ranciosevillano: Quiero unos botos de Valverde con cámara de aire.

@jm _ maldo: El que haya ido más veces a la Plaza de España que a Matalascañas... duda de él, no digo na!

@JEnriqueOrtega: Y al que se le ocurrió mezclar el adobo con el cazón? Eso si q es de premio Nobel...

@kike _ marina: Una acaba de decirme que soy un rancio, qué respondo?

@Ranciosevillano: Para mañana más calor. En el tiempo de Canal Sur dicen que van a llover puntillitas. Por encima de 800 metros 90% de probabilidad de adobo.

@Ranciosevillano: La gente se está metiendo en lo de los pollos asados de Puerta Carmona porque se está más fresquito que en la calle.

@manudelgado: San Joaquín bendito patrón de los botellines fresquitos.

@Ranciosevillano: ¿Merendamos o follamos? Yo vengo sin pan.

@Bukowski: Más caliente que un balón embarcao.

@caracolo: voy a dormir la siesta en el suelo del pasillo con una sábana tirá.

@AntonioCachuli: Eres más antiguo que una cancela verde, que los balcones de palo, que el campo...

@SrDaine: Tomándome un gintonic en el Picalagarto a la salud de @Ranciosevillano.

@Ranciosevillano: A ver si este año cuando acabe la

feria alguien avisa al de los cacharritos de López de Gomara que no se va el tío.

@Ranciosevillano: A Thom Yorke lo echaron para atrás en el primer casting de Se Llama Copla.

@Skolkornikov: Yo no me creeré lo de que estamos en crisis hasta que no vea cerrar "Los Vázquez".

@Ranciosevillano: En el Aljarafe hay cuatro grados menos de temperatura y está a cinco minutos del centro de Sevilla. Ya.

@MrFanshawe: Kurt cobain no llegó a tocar en la caribbans, no?

@Ranciosevillano: Coria del Norte y Guillena Conakri. Los límites de mi mundo.

@yulhory: Y en medio Taiwán de Aznalfarache.

@Guadairo: Para cuando las oposiciones a Muñidor?

@yo _ soy _ el: El parque Alcosa es el casco histórico de Sevilla Este.

@Trisco: Y no olvidemos Camas, probablemente el pueblo más feo del mundo, pero precioso comparado con Huelva, Málaga y Valencia.

@Ranciosevillano: FIB, Sonar y Primavera Sound no tienen carrera oficial.

@RETUS77mca: La quinta avenida de Sevilla es Puente y Pellon?

@the406man: Moción por ponerle a @Ranciosevillano una estatua en placentines mirando pa la catedrá o enfrente der trini, donde el quiera!! QUE GRANDE!!

@Ranciosevillano: OMG significa Oh Mi Gazpacho!

@Rafastarter: @noeve _ Te ruego fervorosamente sigas a @Ranciosevillano . Verdades miarmeras como puños.

@Ranciosevillano: Crisis de valores es pedir un zumo de melocotón en El Salvador.

@Ranciosevillano: No es que haya crisis en Occidente,

es que han invitado a Eduardo Prieto de Canal 47 al club Bilderberg.

@JeM_4: Me desconcierta @Ranciosevillano... Es una parodia? Es real?

@Ranciosevillano: Salgo tan poco de Sevilla que cuando vuelvo de Chipiona tengo jet lag.

@Evocador: Hoy quiero hacer #FF a un gran descubrimiento: @Ranciosevillano me parto el ojete con él y su "sevillanía".

@Ranciosevillano: Para saber si los meses tienen 30 o 31 días me cuento los nudillos.

@Ranciosevillano: El equivalente al senado de Roma en Sevilla son los escalones del patio San Eloy. Ahí reside la soberanía.

@caracolo: Qué GRANDE es @Ranciosevillano!

@lolo_paez: Calor en Sevilla? Nah! Acabo de ver a un girasol poniéndose protección factor 50 debajo de un pulverizador de Robles Laredo.

@Ranciosevillano. Fanta es masculino. UN Fanta.

@magumesa: Mi #FF para @Ranciosevillano porque no se puede tener mas arte siendo un profundo.

@Ranciosevillano: ¡Gaditanos! El Antique por el Manteca. ¿Hace el cambio?

@Ranciosevillano: Sigo la cuenta oficial en twitter del silencio. Pero total, para nada.

@iron_farru: Levantarte en Agosto a las 4:40 coger el llamador y ver por donde iría el calvario a esa hora...

@Ranciosevillano: ¿Si sois tan de ciencia en vez de religión por qué no sacáis el Arianne de La Cartuja en procesión?

@Ranciosevillano: Llegará el día en el que habrá chinos en hermandades y cuando te cruces delante de un diputado de tramo no te echará cera, te hará una llave.

@Ranciosevillano: El muesli está acabando con las tostadas con ajo. Y hay que decirlo así.

@Ranciosevillano: Lo que me gusta a mí es entrar a una discoteca y pedirle al DJ, lo último de la Centuria Macarena.

@mario_balbontin: "Con el Estadio Olímpico lo mejor que podían hacer era sellarlo con silicona y hacer un pantano". Oído en taxi.

@jaimeabeja: Seguro que @Ranciosevillano llama al vino "moyate".

@Arsa_quillo: Si José Manuel Soto hubiera nacido en USA cantaría en la Superball y no echando tardes con Juan y Medio.

@Ranciosevillano: Si Bill Gates hubiera nacido en el Cerro hoy sería capataz y no tendríamos el liazo este de la Internet.

@Ranciosevillano: Qué bonito es indicar por iglesias cuando te preguntan por una calle.

@Ranciosevillano: Por si lo estoy haciendo mal cuando me pedís RT es Redoble de Tambores no? A ver si voy a estar jodiendo a medio Pio XII para nada.

@Ranciosevillano: Conferencia: Marketing Agresivo en el Real Circulo de Labradores. Ponente: La Anselma. Título: Muy bonita la salve pero pide.

@MrFanshawe: Todo el mundo sabe que @Ranciosevillano es Eva Maria Macías.

@Bukowski: Pensaba que sólo quedábamos tres o cuatro que recordaran Madre in Japan, esa obra maestra.

@deniman: Dicen que masaenfurecida son los de el Terrat. Yo creo que detrás de @Ranciosevillano está Inma Soriano.

@Ranciosevillano: María del Monte tiene más discos que New Order ¿Casualidad?

@ismaelnaz: Gracias @Ranciosevillano. Ya hacía falta que alguien defendiera la Sevilla eterna, mi arma.

@Ranciosevillano: Que la tele del Tussam retrasmita cofradías todo el año. Alcalde óyenos.

@Ranciosevillano: Los modernos como no tienen Rocío se han tenido que inventar el Sónar.

@Ranciosevillano: ¡Es que hasta el Calonge es bonito!

@Ranciosevillano: lo contrario del típico sevillita con camisa rosa y gomina es el típico sevillita con camisa azul y gomina.

@Ranciosevillano: Si me escribes la cuenta con tiza no me da tanto coraje pagarla #sevillahoy y ayer.

@ildecortes: El verdadero padrón de Sevilla es que Pepe el Muerto te eche la persiana contigo dentro.

@Hispamail: A un tío mío @Pepe _ Muerto le preguntó una vez que si no tenía casa, del tiempo que llevaba en la barra.

@capria: Un poco pasado de hora, pero tenía que hacerlo. #FF a@Ranciosevillano Seguimiento obligatorio.

@Ranciosevillano: Pascual González es el target tipo de la cartera Aluma.

@javisoleil: Otro #FF para @Ranciosevillano! Yo pensaba q era sevillano pero comparao contigo stuve d Erasmus!

@mundozurdo: Qué pena la mía, qué pena la mía, qué pena mía, que el pollo va volando pa Puntumbría. El Pali, Dadá en estado puro.

@abyss82: Mi #FF para @Ranciosevillano... Profundismo andaluz al límite!

@Ranciosevillano: Myweapon para los Erasmus.

@Ranciosevillano: Yo no voy a El Corte Inglés yo todavía voy al Lubre.

@Ranciosevillano: Cuando la profesora repelente decía "in english please" ahí no, ahora cuando la guiri del Fundición no se entera sí nos soltamos, ¿No?
@Ranciosevillano: Según ABC han descubierto un mosaico en Itálica en el que sale Tom Martín Benítez.
@Ranciosevillano: Alimentos biológicos que es comprar naranjas en una rotonda ¿no? Ah no, eso es comercio justo.
@Ranciosevillano: Máximo Valverde ligando solo en el Antique.
@JrgLora: Si juntas todo los tweets de @Ranciosevillano te sale un pregón de Semana Santa de Sevilla.
@Minimaiko: Me estoy riendo a carcajadas yo sola con @Ranciosevillano. Estas cosas se avisan, hombre.
@Ranciosevillano: Carlos Herrera es nuestro Tom Wolfe.
@Ranciosevillano: Lo bueno de ligar en Groucho es que la que sea ya tiene la hipoteca pagada.
@lauravivero88: No eres sevillano si no has visto la foto de carnet de @carlosherreracr expuestas en la casa de fotos del centro.
@El _ piloto: Tener un puesto en los hippies de El Duque da más dinero que los restaurantes de Juan Robles. PÁSALO.
@Ranciosevillano: Más serio que un suegro de Felipe II.
@Ranciosevillano: La vida no es una caja de bombones, la vida es una pavía.
@Ranciosevillano: AVE a Malascañas, coño.
@NoUso: Queremos que @Ranciosevillano se haga Hermano Mayor de Twitter.
@acostahlm: No es sevillano quien no ha ido de excursión a "la Danone" en el Polígono El Pino.
@Ranciosevillano: Si soy sevillano que si tuviera que matar a alguien lo apuñalaría con un cacho de regañá.

@Ranciosevillano: La niña de la Curva en Las Siete Revueltas diciendo "yo así no puedo".

@AlvCantero: Tuiteas desde el pasado.

@Ranciosevillano: En algún sitio Amy Winehouse intenta telonear a Silvio.

@Ranciosevillano: Wui wui wui, que la abuela ya está aquí. Te da cuen, te da cuen, el winston a 300.

@JP _ Rojo _ : Viendo la repetición de las imágenes del Corpus2012 por Al Jazeera.

@SrDaine: A mi Cristobal Soriame negó la entrada a la EM por gritar Viva el Betis.

@Ranciosevillano: Mantilla is cool. Mantillo is not.

@Ranciosevillano: Esparto is sexy.

@bramer23: @Ranciosevillano: Hay que tenerle un poco de *espeto* a los malagueños.

@Ranciosevillano: Cuando tengo hipo mis amigos me dicen "90% de probabilidad de lluvias parael jueves santo". Y se me pasa.

@caracolo: @Ranciosevillano es de lo mejorcito que he descubierto estas últimas semanas. SEGUIDLO PUTAS.

@Ranciosevillano: Conozco a más gente en Chipiona que en Sevilla Este.

@Ranciosevillano: Hay seises que han acabado siendo gorrillas en Bami: Son juguetes rotos.

@lolo _ paez: Fíte si está la cosa mala que pasé por el Garlochí y estaba un querubín y un Niño Jesús dando flayers con la 2ª copa gratis.

@Ranciosevillano: He dicho "hashtag" en mi Casa Hermandad y me han dado un kleenex.

@Ranciosevillano: ¡Pepe el muerto es una franquicia sueca!

@Ranciosevillano: La primera conexión que hizo Andalucía Directo fue en una mercería que había donde después hicieron la Torre del Oro.

@santi _ salas: Debía llevar bastantes horas sin reírme. Hasta ahora. Le debo a@Ranciosevillano una cerveza en El Rinconcillo.

@McMinnsWorld: Recomiendo a @jotero81 seguir a @Ranciosevillano dicen que tuitea desde una tasca con serrín en el suelo.

@Ranciosevillano: Han repetido en Canal Sur un capítulo de la primera temporada de Arrayán. Ha salido la Plaza del Triunfo y todavía no estaba la Giralda.

@Ranciosevillano: La primera vez que escuché lo de Gran Hermano pensé que era un concurso de Hermanos Mayores encerrados en los Servitas.

@hermanisisimo: Los Sevillamos reivindicamos que vuelva Agustín Bravo a C47. ¡Zoido oyenos!

@Ranciosevillano: Juan y Medio es un spin off de Tate Montoya.

@Ranciosevillano: ¿Que te caes de tu bici con la cera de los cirios en los pasos de cebra? Pues Matalascañas está a una hora.

@xvenir4ever: En el dulio del cristina ponían hamburguesa de tortilla eso si que era cocina fusión y no lo que hacen ahora...

@Ranciosevillano: Ir a El Rincón del Nazareno. Pedir unas alpargatas de esparto. Aclararle que eres pronador severo.

@Ranciosevillano: El fotógrafo Luis Crux pasa a ser miembro de pleno derecho de la agencia Magnum.

@Ranciosevillano: Del Nido y Lopera en un Conversaciones del Banco Sabadell.

@Ranciosevillano: Me voy a tatuar un geranio.

@hermanisisimo: El reportaje fotográfico de boda en Isla Mágica.

@Ranciosevillano: El mejor regalo para una mujer de por

ahí será un diamante, para una de aquí es un mantón de Manila de Feliciano Foronda.

@Ranciosevillano: Más peligro que Lady Gaga en Pichardo.

@Ranciosevillano: En Sevilla, la Junta de Gobierno de la Macarena manda más que el club Bilderberg.

@Ranciosevillano: Croqueta de boletus de qué. Montaditos de pringá.

AGRADECIMIENTOS

@Rancio y la editorial Almuzara quieren agradecer las manchas de adobo, cortesía de Blanco Cerrillo, las de botellines, cedidas por Cruzcampo, y las migas, de Inés Rosales.

ÍNDICE

ESTE LIBRO SE TERMINÓ DE IMPRIMIR
CUANDO FALTABAN 187 DÍAS
PARA LA MADRUGÁ DE 2014,
DÍA DE LA HISPANIDAD.

TAMBIÉN DE &RANCIO EN ALMUZARA

TAMBIÉN DE &RANCIO EN ALMUZARA